인생이모작,
한 번 더 현역

인생 이모작, 한 번 더 현역

고영삼 지음

인생이모작의
승리자들에게 축배

1.

수명이 길어졌다. 보건복지부에 따르면 2023년 한국인의 기대수명은 83.6세라 한다. 이제 90세를 넘겨 사는 일이 흔하게 되었다. 문제는 인생 후반전을 어떻게 보내느냐. NH투자증권 100세시대연구소에 따르면, 은퇴 연령을 59세로 잡을 때 기대수명 84세까지 필요한 노후 자산은 약 6억 7천만 원이다. 월급쟁이로 살아온 사람들에게 만만치 않은 수준. 그런데 인생 후반전에는 재산이 다가 아니다. 오히려 수입은 좀 적어도 된다. 아이들 교육비로 빠져나가는 게 적기 때문이다. 그 대신 건강, 가족 관계, 사회 공동체와의 관계 설정과 같은 비재무 요소가 더 중요하다.

관건은 재무와 비재무적 요소를 종합적으로 고려하여 보람 있는 인생을 어떻게 실현할 것인가다. 그런데 이 레시피가 간단치 않다. 인생 사는 방식은 사람마다 제각각인데, 단시간에 늘어난 수명이라 좋은 사례가 없다. 어떤 이는 인생삼모작을 말한다지만, 실상 '정리되지 않는 인생일모작', '준비되지 않는 인생이모작'만 만연하다.

인생이모작을 고민하는 이는 얼마나 될까? 베이비부머를 기준으로 볼 때 대략 700만 명 정도다. 하지만 실제는 훨씬 많을 것으로 보인다. 대략 1천만 명 이상은 늘 '은퇴형 전직'을 고민 중일 것이다. 작금은 전직이 흔한 시대이지만 은퇴형 전직은 각별하다. 실패할 경우 회복하고 반전할 만한 여유가 없기 때문이다. 고로 더 신중해야 한다. 어찌하면 지나온 인생길을 잘 정리하면서도 진일보할 수 있을까?

2.

이 책은 50년을 살아왔지만, 50년을 더 살 사람들에게 드리는 인생 지침서다. 국제신문은 2022년부터 〈고영삼의 인생 이모작...한

번 더 현역〉 코너를 운영해 왔다. 인생이모작에 성공한 사람들의 인생 비법을 맛깔나게 요리하여 환호를 받았다. 각자도생의 대한민국 사람들, 은퇴 이후 살아갈 방도를 찾는 이들에게 샘물이라는 평가였다. 이 책은 그중 독자에게 큰 울림을 준 편들을 모았다. 필자는 NIA(한국지능정보사회진흥원)에서 IT 국가 정책 전문가로 활동하다 대학교수로 전직한 바 있다. 사회학자로서 4차 산업 혁명기의 기술과 문화를 꿰뚫는 눈을 가졌다는 정평이 났다. 몇 년 전 부산시 출연기관인 (재)부산인재평생교육진흥원의 원장을 역임하며 생애 설계 전문가로 인생이모작의 새로운 돛을 올린 바도 있다.

이 기획에 출연한 사람들은 어떤 사람일까? 매우 다양하다. 공무원 출신의 사업가, 교사 출신의 디지털 사진작가, 군 장군 출신의 인기 유튜버, 금융인 출신의 사업가, 가혹한 세월을 견디기 위해 공부에 매진하여 부울경 최고의 인문학 강사가 된 여인 등등. 또한, 소방관 출신의 성공한 사업가도 있고, 지독한 알코올 중독을 극복하고 알코올 치료 전문가로 거듭난 이도 있다. 대기업을 다녔으나 3천 편의 포도 재배 관련 영어 논문을 읽고 유럽종 포도의 대가가 된 이도 있다. 이제 묵묵히 8년 동안 지역 노인만을 돌보는 영화에서 볼 법한 조폭 두목도 있다. 어려움을 극복하기 위해 걷다가 아예 걷기 전문가가 된 이도 있다.

이들은 지금도 치열하게 자신만의 인생길을 걷고 있다. 더 깊어진 인생길을 가는 이도 있고, 더 넓어진 인생길을 가는 이도 있다. 아예 새로운 길을 가는 이도 있다. 이들을 묶음 하니, 편의상 크게 네 부류였다. 제1부는 '나만의 강점과 함께 정진, 진일보(進一步)'다. 이들은 일모작 때의 전문성을 살리고 이를 기반으로 더 나아간 인물들이다. 제2부는 '두려움을 떨치고 새 세계로, 환골탈태(換骨奪胎)'다. 이들은 은퇴 후 한 번도 가 보지 않았던 새길을 개척한 인물들이다. 제3부는 '실패를 딛고 인생 기회 잡아, 전화위복(轉禍爲福)'이다. 인생일모작기에 어찌 된 일인지 하는 일마다 안 풀렸던 자들이 마(魔)가 낀 것 같은 세월을 딛고 마력으로 일어선 이야기가 담겨 있다. 제4부는 '가슴 뛰는 일을 찾아 연마, 일신우일신(日新又日新)'이다. 삶의 깊은 의미를 통찰하고, 자신의 길을 연 사람들이 주인공이다.

3.

　이 책이 의미 있는 이유는 리틀 빅 히어로(Little Big Hero)의 역주행 이야기를 담고 있기 때문이다. 세속적으로 아주 크게 성공한 사람들은 아니나, 저마다 장애물을 격파해 온 사람들의 이야기. 바로 이웃하는 사람들이니 나 자신과 같고, 새로운 경지를 열어 왔으니 인생의 멘토가 되는 사람들이다. 독자들은 삶이 던져주는 질문에 답하고, 장애물을 극복하는 정신 자세와 기술에 대해 적지 않은 힌트를 얻을 수 있을 것이다.

　이 책은 국제신문 강남훈 사장님의 높은 안목에 의해 탄생했다. 또한 배재한 전 사장님, 오상준 경영본부장께서 깊은 통찰력으로 기획해 주셨다. 매우 감사하는 마음 올린다. 그리고 호밀밭의 장현정 대표에게 감사의 마음을 전한다. 그가 실천하는 지역 출판·문예 활동은 사명감 없이는 어려운 일이다. 응원하지 않을 수 없다. 더불어 촌음을 아껴주신 민지영 편집자와 김희연 디자이너에게도 감사의 말씀 드린다. 글이 신문사로 가기 전 항상 먼저 읽고 애정 어린 조언을 해 온 아내 최정원에게 감사한다. 이 책은 그녀와 함께한 공저와 다를 바 없다. 그리고 지금도 열정적으로 살고 계신 등장 인물들에게 건배! 당신들은 인생이모작의 승리자들이다.

이 책은 치열히 살아왔지만, 아직도 갈증을 느끼고 있는 이들에게 좌표를 점검하는 나침판이 될 것이다. 부디 많은 에너지를 받아 가시길 바란다.

2023년 가을
해운대 장산산방에서, 고영삼

목차

3부

실패를 딛고 인생 기회 잡아,
전화위복(轉禍爲福)

4부

가슴 뛰는 일을 찾아 연마,
일신우일신(日新又日新)

1부

나만의 강점과 함께 정진, 진일보(進一步)

소방시설관리업 성공,
일흔 넘어 가수 데뷔…
소방 공무원의 끝없는 도전

㈜참조은이엔지 강낙관 대표

공무원. 되기도 어렵지만, 퇴직 후 든든한 기업 경영자 되기는 더 어렵다. 그런데 소방 공무원으로 정년퇴직 후 창업하여 현재 100명 넘는 직원을 데리고 신나게 질주하는 이가 있다. 얼마 전엔 70이 넘은 나이에 가수로 데뷔했다. 신기할 따름이다. 이 사람에겐 어떤 인생의 기술이 있었던 것일까? 부산시 동구 초량동에 있는 그의 회사를 방문했다.

며칠 전 TV에 출연해 노래도 하셨다고요?

✦ 2023년 1월 4일, KBS TV의 간판 프로그램인 〈아침마당〉에 나

갔습니다. 저는 5년 전에도 출연했는데, 이번에는 그 프로그램에 나갔던 1,500여 명 중에서 몇 사람을 뽑아 한 번 더 출연시킨 것이었어요. 어려움을 딛고 성공한 사례를 말하게 하여 시청자들에게 용기를 주는 의도였답니다.

강낙관(예명 강운해) 대표가 2023년 1월 4일 KBS TV 교양프로그램 <아침마당>에 소방관 옷을 입고 출연해 애창곡을 부르고 있다. (KBS 화면 캡처)

음반을 내신 적도 있다고 하셨죠?

✦ 2018년 「뚜벅이 인생」, 「내 친구」라는 노래를 작사한 적이 있습니다. 박현진 작곡가와 함께 음반을 낸 것입니다. 그 후 「청춘아」, 「운명 속으로」도 발표했습니다. 그 덕분에 요즘 강운해라는 이름으로 요양원이나 각종 노래 교실 등에서 재능 기부 활동도 하고 있습니다. 어린 시절 노래 대회에 나가 입상한 후 가수가 되는 게 꿈이었습니다만, 집안이 어렵기도 하고 공직 생활한다고 못 하

다가 70이 넘어서야 실현한 것입니다.

이번에 만난 사람은 현재 소방시설관리업체인 ㈜참조은이엔지의 강낙관 대표이사다. 현재 만 75세인 그는 젊은 시절 30년을 부산시 소방본부에서 소방관으로 봉직했다. 그러다 57세 때인 2005년도에 정년퇴직을 한 후, 이 회사를 창업했다. 이미 전국 소방 공무원 후배들에게는 최고의 인생 롤모델이 되었을 때다.

㈜참조은이엔지에 대해 소개해주세요.

✦ 소방 시설 관리 기업입니다. 퇴직 후 7명의 직원을 데리고 창업했는데, 현재는 100명이 넘는 직원들이 빌딩·공장의 소방 시설 점검, 안전 관리 업무를 대행하는 일을 합니다. 부산·울산·경남에서는 매출 1위일 뿐만 아니라 작년에 전국 5위를 마크할 정도로 이 분야 선도 기업으로 자리매김했습니다. 창원 LG 1공장, 부산 CJ제일제당 등을 비롯해 1,000여 곳의 시설을 관리하고 있죠.

소방 시설 관리업이란 어떤 업인가요?

✦ 우리나라 소방법은 일정 규모 이상의 건물은 연 2회 이상 소화전, 스프링클러, 자동 화재 탐지 시설, 피난 설비, 소화 용수 시설 등 화재 안전 시설을 점검하여 관할 소방서에 보고하도록 하고 있습니다. 이게 은근히 까다롭고 전문성이 필요하죠. 공장 같은 경우 관리

해야 하는 위험물만 해도 4만 5,000여 종이나 됩니다. 도시에는 공장, 주유소, 다중이용시설, 재래시장 등 주기적으로 점검해야 할 곳이 많습니다. 도시 안전의 최전선에 있다는 자부심을 가지고 있죠.

대단하시군요. 공직에 계실 때부터 창업을 준비하셨나 봐요?

✦ 특별히 준비했다기보다 소방시설관리사, 위험물취급기능사 자격을 보유했죠. 소방 시설 관리 업체를 창업하기 위해서는 그러한 자격증이 필요한데, 마침 저는 그런 면에서 자연스럽게 준비돼 있었던 것이죠. 저는 소방 인허가 시설 민원 업무만 25년간을 담당할 정도로 소방법에 정통했습니다. 제 자랑 같지만 '걸어 다니는 소방법'으로 소문났었죠. 소방법은 까다로워 민원인들이 지치기 쉬운데, 저는 세세한 법규에 밝으니 민원인의 고충을 잘 해결해 주었어요. 퇴직하고서 50년 남은 인생 무엇을 할까 궁리하다가, 죽었을 때 염라대왕으로부터 "너는 사장도 한번 안 해 보고 죽었냐?"라는 질문을 받지 않아야겠다고 생각했어요. 그러고는 '내가 잘하던 민원 업무를 대행하는 기업을 차리자.'라고 결단했지요. 그리고 전국 5위 기업으로 키운 거죠.

인생이모작의 성공 출발에는 준수해야 하는 요건이 있다. 그중 첫째는 일모작 때 하던 일과 연관된 일을 하라는 것이다. 그런 면에서 강낙관은 이미 정통했던 일을 붙잡아 출발점이 좋았다. 전문성,

민원인 인맥, 민원인 욕구에 대한 이해력, 그리고 소방본부 동료들의 신망을 안고 시작한 것이다. 그래도 어려움은 없었을까?

공무원 출신이 기업인으로 변신할 때 어려움이 많았지요?

✦ 하하. 어려움 많죠. 가장 큰 것은 자존심 버리기입니다. 공무원은 평생 갑으로 살죠. 그러나 퇴직하면 끝입니다. 그런데 거의 모두가 이걸 못 버려요. 퇴직하면 그 변화를 수용해야 해요. 서장을 했다거나 국·과장을 했다는 것. 그 자존심부터 버려야 합니다. 그것 못버리면 퇴직 후 친구 관계까지도 실패하죠. 가족 관계도 어려워집니다. 저는 완전히 탈바꿈했죠. 물론 저는 25년 민원 업무 보면서 민원인과 충돌 한 번 안 했을 정도로 저를 철저히 관리했지만, 퇴직후에는 티끌 하나 남김없이 또 철저히 바꾸었어요.

책과 서류가 빼곡한 그의 사장실에는 그가 지키고 싶은 생각들이 적혀 있었는데, '굽어지기 쉬운 쑥대도 삼밭 속에서 자라면 저절로 곧아진다.'라는 뜻의 봉생마중 불부직(蓬生痲中 不扶直)이란 글귀도 있었다. 그는 이 글귀를 좋은 인연을 맺기 위해서는 자신이 먼저 노력하여 좋은 영향을 주어야 한다는 의미로 해석했다. 갑과 을을 따지는 것보다 더 성숙한 수준이다.

사회 활동도 많이 하시더군요.

✦ 저의 사회 봉사 방식인데, 현재 부산시 소방재난본부 홍보 대사로 활동하고 있습니다. 소방 업무는 익명의 사람들의 안전을 위해 단 하나뿐인 자신의 생명 위험까지 무릅쓰는 일이예요. 저의 노래 「운명 속으로」는 소방 후배들에게 바치는 곡입니다. 그 외 한국소방안전원 비상임감사, 부산고등검찰청 검찰시민위원회 위원장, 소방시설관리협회 중앙회 부산회장 역임 후 현재 전국 소방시설협회와 소방산업공제회 비상임이사로 활동하고 있고요. 희망이음(포도학사), 장산노인복지관, 초록우산어린이재단, 우리집원 등을 후원하고 있고, 재부 진주향우회 회장, 삼일동지회 부산광역시지부장 등으로 활동하고 있습니다.

매우 부지런한 성품인가 봐요?

✦ 그렇긴 하죠. 매일 새벽 6시에 일어나면 골프 연습장 가는 것부터 시작해 밤 12시까지 쉼 없습니다. 애초 5년 정도만 경영하고자 했는데 20년이 다 되어 가고 있습니다. 그러다 보니 전국 1,500개 정도의 소방 시설 관리 기업을 선도하는 수준이 되었어요. 저의 좌우명이 '태양이 떠오르면 당신은 달려야 한다.'입니다. 이 일이 즐겁습니다. 미당 서정주는 「자화상」에서 '나를 키운 8할이 바람'이라고 했지만, 조은이엔지가 이렇게 성장한 것의 8할은 인연에 거짓 없이 최선을 다하는 것과 부지런함 덕분이라고 생각합니다. 사장은 영업의 촉을 잘 발달시켜야 하더군요. 매일 업체를 방문하고 욕구를 꿰

뚫어 최선을 다하다 보니 여기까지 왔습니다.

직접 작사해 출시한 음반을 들고 사무
실에서 기념사진을 찍은 강낙관 대표

피터 드러커(P. F. Drucker)는 "당신은 무엇으로 기억되고 싶은지를 생각하라."라고 경영자들에게 말했습니다. 당신은 소방 후배들에게 어떤 이야기를 해주고 싶은가요?

✦ 저는 어릴 때 중학교를 야간으로 다녔고, 고교도 22세에 야간으로 입학하고, 대학도 직장 다니며 38세에 야간으로 입학했습니다. 밤에만 학교에 다닌, 가난한 만학 인생이었습니다. 하지만 생존에 바쁘면서도 승진보다는 인연의 가치를 우선했습니다. 후배들은 긴 인생을 생각해야 합니다. 저는 늘 자세를 낮추고 사람에게 진심을 다했습니다. 그리고 독서를 하며 멀리 보았고 관계에 성실했습니다. 그것이 운 좋게 작용한 것 같습니다.

심리학자 매슬로(A. Maslow)는 인간은 생리·안전의 욕구를 만족하기 위해 애쓰지만, 극소수의 사람들은 궁극에 자아를 실현한다고 했다. 공직 퇴직 후 경제적으로 크게 성공한 강낙관은 이제 코흘리개 시절 꿈이었던 가수까지 되어 자아를 실현하고 있다. 매슬로가 기뻐할 사람이다. 이는 운만으로 가능한 일이 아니다. 그가 이모작 전환기에 인생 가치를 단단히 하지 않았다면, 스스로 강점 발견을 등한시했다면, 그리고 주어진 시간을 보석처럼 세공하는 데 소홀했다면 어찌 가능했을까? 그는 인생이란 비밀의 정원을 한 단계 한 단계 넘어설 때마다 주변 사람들의 욕구를 더 가치 있게 승화시켰고, 그럼으로써 이제 인생의 승자가 되고 있다.

강낙관의 인생 팁

사람들에게 자세를 낮추고
진심과 열성을 쏟아라.

매슬로의 5단계 욕구

인본주의 심리학자 에이브럼 매슬로의 인간의 욕구단계설
(Maslow's Hierarchy of Needs)은 심리학 경영학 사회학 등에서
최고로 많이 언급되는 이론이다.

인간은 5단계 성장의 욕구를 가지고 있다고 한다. 가장 하위
욕구는 생리적 욕구다. 생존에 필요한 본능적 욕구를 말한다.
이 욕구가 충족되면 안전·안정의 욕구를 찾는다. 그 다음에는
소속·애정의 욕구다. 네 번째는 타인으로부터 존경받고자 하
는 욕구다. 인간 욕구의 최고 상위급은 자아실현의 욕구다. 자
신의 잠재력을 최고로 발휘하고픈 욕구인데, 이 욕구를 충족하
는 이는 매우 극소수라고 한다.

에스키모에 냉장고 팔 열정…
금융맨, IT · 통신 리더로 변신하다

㈜글로벌엔씨 이중하 전무

인생이모작은 쉽지 않다. 그리고 유난히 더 어려운 직군도 있다. 군인 교사 경찰직이라고 하는데 금융 기관 종사자도 그 못지않단다. 약간 의외였는데 금융인처럼 안정지향형은 인생 실전에 불리하다는 이야기다. 그러나 예외는 있는 법. 이번에 찾은 이는 ㈜글로벌엔씨 이중하 전무. 67세인 그는 지금이 제일 왕성하다. 어떤 비결을 가진 것일까?

현재 어떤 일을 하시나요?

✦ 저는 IT 시스템 및 통신 분야에 업력이 40년 정도 되는 ㈜글로

글로벌엔씨 이중하 전무가 회사 로고가 새겨진 사무실 앞에서 포즈를 취하고 있다.

벌엔씨에서 전무이사로 13년째 재직 중입니다. 최근 부산 및 해외 항만통합 인프라 구축 사업, 병원과 물류 회사의 시스템 유지·보수 작업 등에서 성과를 거두고 있습니다. 자율성과 도전 정신의 조직 문화를 갖고 있죠.

애초 은행원으로 인생일모작을 출발하셨더군요.

✦ 상고를 졸업하고 19세에 부산은행에 입사했죠. 그 후 34세인 1989년 동남은행이 설립되면서 스카우트 되었어요. 42세에는 동남은행의 인도네시아 합작법인 PT DongNam Clemont Finance Indonesia에서 부사장을, 43세 이후에는 서울 주요 지역 지점장을 역임했습니다.

이렇게 그는 착실하게 지내던 금융인이었지만 은행 생활 25년 만에 인생 위기를 겪는다. 1997년 IMF(국제통화기금) 관리 체제. 정부에서는 동남은행을 비롯한 5개 은행을 먼저 구조 조정했다. 이때문에 그는 1998년 6월 서울 성수동 지점장을 끝으로 갑자기 길바닥에 내몰렸다. 44세 때였다.

준비 없이 인생이모작이 시작되었군요. 어떻게 하셨어요?

✦ 막막했죠. 당시 서울 목동의 아파트에 살았는데 일주일이 멀다하고 사람들이 아파트에서 뛰어내렸다는 소식이 들렸습니다. 살 대책도 죽을 대책도 없는 상황이었어요.

그래서요?

✦ 그러던 중 우연히 ㈜부산정보단지의 구인 광고를 보게 되었습니다. 지금의 센텀시티와 같은 단지를 개발할 목적으로 설립된 공기업이죠. 저는 지푸라기를 잡는 심정으로 면접장에 갔습니다. 그런데 면접을 영어로 진행하더군요. 저에게 완전 기회였습니다. 저는 동남은행에 있을 때 국제 금융 파트에서 잔뼈를 키웠잖아요. 129 대 1의 경쟁률을 뚫고 합격했죠.

특별한 노력 없이 성공했던 거군요.

✦ 그렇게 보일 수 있지만 오랜 노력의 결과였습니다. 사실 상고

를 졸업한 후 은행원이
되어 날마다 초량 쪽에
서 놀기만 했는데 입대
이후 고졸자 신분을 떼
어 내고 싶더군요. 그래
서 군대 생활 중 남몰래
방송통신대를 다녔습니
다. 휴가 때 출석 수업

이중하(뒷줄 오른쪽) 부사장이 1996년 동남은행 인도네
시아 합작 법인 사무소 개소식에서 찍은 기념사진

을 들으며 원격으로 공부한 겁니다. 제대 후에는 은행에 복직하였
지만, 영어 공부를 해야겠다 싶어 성균관대 영문학과 야간에 다니
며 주경야독했습니다. 또 내친김에 경제학을 공부하고 싶어 연세대
경영대학원에 입학했죠. 30세였습니다. 별다른 노력 없었던 게 아
니죠.

정말 별다른 노력 없었던 게 아니었다. 더 들어보니 그는 영자 신
문도 보고, AFKN(주한미군방송) 정도는 듣고 살아야겠다는 생각으로
40세까지 학원에 다녔다. 서울 변두리에 살았기에 새벽 5시께 집을
나와 1시간 정도 지하철 이동 중 영어 듣기를 하며 학원으로 가서 6
시 반부터 시작하는 공부를 반복했다. 주변에서 에스키모에게 냉장
고 팔아먹을 사람이라 했단다.

㈜부산정보단지는 금융 기관이 아닌데 잘 적응하셨나요?

✦ 어려움 많았죠. 가장 큰 문제는 사업 기획이었습니다. 은행에서는 사업을 기획할 일이 없으니 기획 능력이 제로(0)였어요. 기획을 잘하는 경력직 박사 출신을 별도 채용하려고 할 정도였습니다. 제가 쫓겨날 상황이었는데 가족을 건사해야 하는 절박한 심정으로 3년 동안 기획 역량을 키웠지요. 한편 금융인 출신으로서 자부심을 얻은 일도 있었습니다. 당시 센텀시티 특별회계가 5,200억 원의 지방채 및 은행 대출이 있었는데 변동금리제도를 도입하게 해 하루에만 2,000만 원 정도의 이자를 절감시켰던 일, 부산시 일반회계 관리은행 갱신 제도를 변경하도록 건의해 결과적으로 지역 은행으로서 부산은행의 역할을 강화하고 이로써 부산 지역 경제 유발 효과를 키웠던 일입니다.

'센텀시티'라는 명칭을 직접 지었다고 하더군요.

✦ 어찌 보면 저의 작품이라 할 수 있지요(웃음). 그 당시는 허허벌판이던 지금의 센텀시티에 붐을 일으키기 위해서는 의미 있는 명칭이 필요했었죠. 공모를 통해 밀레온시티라는 명칭이 선정되었습니다. 그럴싸했지만 제게는 이 명칭이 꼭 서울 동대문 쪽의 상업 건물처럼 저렴하게 느껴지더군요. 그래서 그 당시 총책인 남충희 부산시 부시장에게 특별 건의를 했죠. 1,200개 정도의 이름을 처음부터 다시 검토했었지요. 전문가 회의를 열어 5개 후보를 재선정했는

데 그걸 가지고 남충희 부산시 부시장과 둘이서 '센텀시티(Centum-City)'라는 명칭을 탄생하게 만들었죠.

금융인 출신의 도시 개발 공기업 10년 성공기이군요.

✦ 큰 성공을 하지는 않았지만 걸어온 길을 반추해 보면 늘 10년 뒤를 예측하고 준비했던 게 주효했습니다. 군대 생활 중 방통대를 다녔고, 복직 후에는 야간 대학을 거쳐 대학원을 다녔으며, 새벽에 영어 공부를 했지요. 60세 넘어서도 한국해양대에서 박사 학위를 받았어요. 이 인연으로 BNK 금융그룹의 백년대계 위원으로 활동했고 지금은 BNK캐피탈 사외이사를 역임하고 있습니다. 저의 제안으로 부산은행은 해양투자금융부를 신설해 글로벌 해양 금융시장에서 중심이 될 수 있는 단초를 마련했습니다. 현재 우리 회사도 BB-였던 신용평가 등급을 올해는 BBB 제로로 마크하는 성과 관리를 했습니다.

지역 후배에게 하시고 싶은 말씀도 있을까요?

✦ 주경야독하는 모습을 보고 싶습니다. 서울에 간다고 미래가 해결되는 것이 아니거든요. 삼국지에 그런 말이 있습니다. "현실은 난제와 같다. 부조리하고 불합리하다. 그러나 본질은 변하지 않는다." 난제가 널려있는 현실 속에서 정당한 몫을 다하기 위해서는 부단한 노력이 필수입니다. 위로받으려는 약한 생각을 넘어 자기 경쟁력을

키우기 위해 힘차게 달려가는 모습을 보고 싶습니다.

음악 동호회 '뮤직팩토리'에서 옥슨80의 「불놀이야」 음악에 맞춰 드럼을 치고 있는 이중하 전무

이모작을 준비하는 사람에게 무엇이 중요할까요?

✦ 과거에는 큰 조직, 고학력 이런 것이 능력이고 잘 사는 모델이라 생각했습니다. 그런데 지금 보니 미래를 위해 공부하되 현 위치에서 역할을 다하고, 또 의리를 다하기 위해 헌신하는 사람이야말로 진짜 아닐까요. 그리고 이들을 다독거리며 월급을 주고 업을 키워가는 기업인들이야말로 정말 애국자입니다. 새로운 중상주의(重商主義)의 개념을 도입할 것을 제안하고 싶습니다. 칸트가 말한 '선한 의지'도 같은 거 아니겠습니까? 이모작도 이 결의로 출발한다면 문제없지요.

인생이모작 이야기에는 흔히 구구절절한 사연이 있다. 하지만 이중하에게는 그런 것이 없다. 왜일까? 10년 뒤를 대비하며 생활해 왔기 때문이다. 그는 매일 반복되는 생활에 유지경성(有志竟成), 즉 성장에 대한 자기만의 독특한 뜻을 세우고 새벽부터 밤까지 시간의 씨줄과 날줄을 엮어내는 끈기를 키워 왔다. 즐거운 유비무환이랄까. 올해는 그가 드럼에 빠진 지 10년째 되는 해이다. 부산에서 가장 큰 동호회 뮤직팩토리에서 드럼 멤버로 활동한다. 매달 동생뻘의 젊은 친구들과 공연하고 음악 봉사 활동도 한다. 일상이 일을 포함해 음악 등산 수영 등으로 촘촘히 엮여 알차니 그의 가을은 그야말로 문질빈빈(文質彬彬)이다.

이중하의 인생 팁

미래를 예측하며 미리 공부하는 일이
최고의 롱런 비결

50대 미술 경단녀의 인생 전환, 칠순에 화가가 되다

화가 장혜숙

평범한 주부였다. 젊은 시절 자녀 교육에 매진했으나 아이들을 대학에 진학시킨 50대 이후 인생 전환을 시도했다. 보호 관찰소 청소년을 대상으로 심리 치료 봉사 활동을 했고, 동남아 국가에 가서 문화 예술, 한국어 가르치기 봉사 활동도 했다. 그리고 미술 작품 활동을 시작했다. 이게 대박을 터트렸다. 현대 미술의 거장인 이우환의 눈에 띈 것. 올해 나이 70. 인생 르네상스의 시작이다.

인생이모작이 이렇게 성공적이어도 되나요? 최근 성파 대종사의 조계종 종정 취임 기념 설치 미술전을 하셨더군요.

장혜숙 화가가 지난 2023년 3월 경남 양산 통도사 성보박물관에 열린 전시회 안내문을 천에 그리고 있다.

✦ 네. 지난 2023년 3월 10일까지 경남 양산 통도사 성보박물관에서 개최했습니다. 성파 대종사께서 조계종 15대 종정에 취임하심을 기념하는 미술전이었습니다. 최근 저는 영혼이라는 주제에 심취해 있습니다. 작품전 이름을 '영혼의 풍화'라고 했었어요. 조각보, 천 등을 이용한 회화와 설치 미술, 퍼포먼스를 통해 생과 사의 문제를 이야기해 보고 싶었습니다.

그런데 작품 활동을 평생 해 오신 것이 아니더군요. 그런데도 역량을 인정받으셨군요. 시작이 어떻게 된 건가요?

✦ 사실 제가 대학에서 미술을 전공했습니다. 그런데 결혼해서 아

이들 키우느라 60세 무렵까지 아예 붓을 놓고 지냈어요. 특히 30대, 40대, 50대의 그림 경력이 아예 단절됐었지요. 다시 캔버스 앞에 선 것은 청소년 보호 관찰소 봉사 활동이 계기였습니다.

좀 더 자세히 말씀해 주세요.

✦ 예순한 살 때였어요. 그 당시 부산여대에 봉직하셨던 김인숙 교수님이 권하셔서 울산에 있는 청소년 보호 관찰소에 봉사 활동을 시작했었어요. 주로 초·중학교 청소년기 아이들이 문제를 일으키면 가는 곳이죠. 심리 상담 치료를 하는데, 어떤 이야기를 해도 애들이 고개를 숙이고 입을 꼭 다물고 있었어요. 상담이 안 되는 거예요. 부모들이 제대로 양육하지 않아 그렇게 된 아이들을 보니 가슴이 너무 쓰리더군요. 고민하다가 소통과 상담의 방법으로 미술 치료를 사용했지요. 결과가 좋더군요. 대략 4, 5년은 그렇게 보낸 것 같아요.

장혜숙 화가는 청소년 보호 관찰소 경험을 이야기하며 아이를 내팽개친 비정한 사회에서 윗세대가 해야 할 역할을 길게 말했다. 보호 관찰소 미술 치료 봉사는 한 사회 구성원의 역할, 자신의 앞길에 대한 생각을 여물게 만든 것 같다. 그리고 그녀는 '내 마음 깊은 곳에 있는 동기를 만족시키는 것이 진정한 자유다.'라고 말한 앙드레 베르제즈를 이야기했다. 자유란 몸의 구속에서 탈피하는 것보다 마음이 원하는 것을 얻는 것을 말하는데, 그 마음이 원하는 것도 즉자적(卽自的)인 욕망 조각이 아니라 영과 혼을 가진 생명체로서 가질 수밖에 없는 아픔과 연관된 것으로 이해할 수 있었다. 그녀의 천으로 만든 조각보 그림에는 슬픔과 기쁨, 이별과 만남이 혼용돼 있으나 이를 통해 치유받는 느낌이 드는 이유를 알 것 같았다. '거침없이 하늘을 날고 싶다.'라는 갈망은 단순히 인생을 멋있게 살고 싶다는 의미를 넘어 그녀의 그림 세계 철학과 맞닿아 있었다.

장혜숙 화가의 작품 '관계Ⅱ'(2017). 이우환 화백이 이 작품을 눈여겨봤다고 일본 국제문화교류연구소 요시다 켄이치 씨가 전했다.

인생이모작의 시작이었군요.

✦ 미술이 꽉 막힌 사회에서 치유 수단이 될 수 있음을 느꼈어요. 더 잘해보려고 62세에는 미술심리상담사 자격증도 취득했죠. 미술 치료 활동을 하면서 결혼 때문에 그만둘 수밖에 없었던 미술에 대한 열정이 솟아 올라오더군요. 미술을 다시 해야겠다고 결심했어요. 그래서 대학원에 진학했어요. 65세 때였습니다. 그러나 미술 작업만 한 것은 아닙니다. 제게는 봉사 활동이랄까, 사회 활동에 대한 도덕적 의무감 같은 것이 있었습니다. 그러던 중 해외 봉사 활동을 했습니다. 2016년 64세 때였어요. 필리핀 롤마대학 메디컬센터, 2년 뒤에는 베트남 하노이 탕롱대학에 가서 한국 문화도 알리고 한국어도 가르쳤어요. ㈜부산여성미술 여성문화교류단 자격으

로 가서 최선을 다해 활동했어요.

그런데 갈망만으로 되나요? 그래서 어떻게 하셨나요?

✦ 저는 용기도 재능도 돈도 없어요. 한심했지요. 그런데 행운이 왔어요. 2018년, 66세 때 베트남 봉사 활동을 하던 중 현지에서 개인전도 함께 열었는데, 우연히 들른 일본 국제문화교류연구소의 요시다 켄이치 선생님이 저의 그림을 유심히 보시더군요. 제 그림이 좋으셨나 봐요. 그 후 부산에도 오셔서 저의 그림을 또 보시더군요. 그리고 그분이 그 그림을 이우환 선생님께 소개하신 거예요.

이른바 '별의 순간'이 왔군요. 어떻게 됐나요?

✦ 이우환 선생께서 저의 화풍을 좋게 생각하신다고 요시다 켄이치 선생님이 말씀하시더군요. 무명이라도 이렇게 무명일 수 없는 시골 사람을 대가 이우환 선생께서 쳐다봐 주신 거죠. 놀라운 일이죠. 한 번도 만나 뵌 적도 없는데요. 선생님은 저의 작품을 일본 후쿠오카시미술관에 전시하도록 주선해 주셨어요. 그것도 메인홀에다가요. 그때가 2020년 2월이었습니다. 그리고 마침 일본에서 열린 아시아디자인대회에도 제가 출품한 작품이 입상했죠. 이우환 선생께서 그러한 것을 참작해 우에노에 있는 유명한 동경예술대학 박사 과정을 안내하며 입학 추천서도 보내주셨어요.

그게 가능한가요? 엄격한 자기 관리로 소문난 이우환 선생께서 그렇게 도와주시다니요?

✦ 그러게요. 지금까지 한 번도 뵌 적도 없는데 큰 은혜를 입었습니다. 물론 제가 국내 미술 대회에 수상한 적은 몇 번 있었지만, 최고의 경지에 계신 대가에게 그만한 지원을 받는 것은 꿈도 못 꿀 일이었습니다. 어쨌든 저는 그 덕분에 2020년 4월에 동경예술대학 대학원에 정식 입학할 수 있었습니다. 입학과 동시에 코로나가 심각해졌기에 2년 동안 일본에 입국을 못 했습니다만, 일본에 가게 된다면 제일 먼저 달려가서 은혜에 감사하고 배움을 청할 겁니다.

장혜숙 화가의 인생이모작은 우연히 찾아오는 행운을 뜻하는 '세렌디피티(Serendipity)'라는 단어를 생각하게 했다. 미대를 졸업했으나 결혼하고서 아이들을 돌보느라 30년이나 붓을 잡지 못했다. 미술 경단녀였다. 그러나 청소년 보호 관찰소 봉사 활동을 통해 자기 정체성을 재구성해 작품 활동의 열망을 품게 됐다. 세렌디피티의 시작이었다. 그리고 베트남에서 한국어 봉사 활동을 통해서 거장 이우환의 손길을 받아 일본의 최고 대학원에 입학을 추천받는 행운을 잡았다. 물론 타고난 미술 재능이 있었을 것이다. 확실히 그녀의 설치 미술에는 고달픈 영혼을 위로하는 아우라가 있다. 어쨌든 세상에 대한 책무감으로 시작한 봉사 활동은 그녀의 세렌디피티의 고삐였던 것 같다. 그녀의 세렌디피티는 타인을 위한 봉사가 오히려 자신의 인생 숙제의 해답으로 귀결되는 좋은 사례임이 틀림없다.

❖ '뜻밖의 행운' 세렌디피티를 잡는 법

1. 생각을 정리한다.

2. 질문을 통해 타이밍을 잡는다. 인생에 행운이 들어올 공간을 만들기 위해.

3. 똑똑한 직감을 기른다. 확실한 목표가 준비된 우연을 만들기 때문에.

4. 시도하고 행동한다.

5. 끈기 있게 밀어붙인다.

6. 다양한 관계로 기회를 넓힌다. 인간관계가 세렌디피티의 크기를 결정하므로.

(출처: 크리스티안 부슈 런던정경대 교수의 저서 『세렌디피티 코드』)

장혜숙의 인생 팁

사회를 위해 먼저 봉사하라.
하늘이 언젠가는 응답한다.

청소년 보호 관찰소 봉사

청소년 보호 관찰은 비행을 저지른 청소년을 수용 시설에 구금하지 않고 가정과 학교에서 정상적인 생활을 하도록 하되, 보호 관찰관의 지도·감독을 통해 준수 사항을 지키게 하면서 의식과 행위를 개선하는 방법이다.

전국에는 56개의 보호 관찰소가 있다. 청소년 보호 관찰소에서는 보호 관찰 중인 청소년이 사회의 필요한 곳에 봉사를 하는 경우도 있고, 보호 조치된 청소년을 대상으로 전문가들이 봉사 활동을 하는 경우도 있다. 전자의 제도는 일손이 부족한 농장, 복지 지원 시설 등에서 신청해 활용할 수 있다. 법무부 범죄예방정책국 홈페이지(www.cppb.go.kr)나 보호 관찰소를 직접 방문해 신청하면 된다. 신청 후 10일 이내에 결과를 받아볼 수 있다. 봉사 여건, 수혜자 유형, 지역 사회 기여도 등을 고려해 봉사 활동 지원 여부를 결정하는데, 봉사 희망일로부터 최소 2주 전에 신청하는 것이 좋다.

종이 시대 산 신문 기자,
도서관을 디지털 플랫폼으로 이끌다

수성구립용학도서관 김상진 관장

'여름 휴가철' 하면 으레 계곡과 바다가 떠오른다. 그러나 행락지의 인산인해를 뒤로하고 사람들이 조용히 더 몰려드는 곳이 있다. 15분 거리에 있는 공공도서관이다. 여름에는 평소보다 사람들이 더 많이 몰려든다. 도서관 업무가 느는 것은 당연. 대구 수성구립용학도서관에 휴가를 잊은 채 열심히 일하는 분이 있다고 해서 찾아갔다.

이용객이 참 많군요. 주로 어떤 분들이 오시나요?

✦ 요즘 도서관 이용자들이 더 증가하고 있습니다. 2023년 7월 말부터 8월 초까지 한 주 동안 책 대출 이용자가 한 주 전보다 25% 이

상 늘었고요. 현장 체험 이용자, 문화 강좌 이용자도 눈에 띄게 증가
했습니다. 본격적인 휴가철에 더 바쁘게 된 상황입니다. 요즘은 미
취학 아동이나 초등 1, 2학년이 많고요, 은퇴자분들도 해를 거듭해
증가하고 있어요.

대구 수성구립용학도서관 김상진 관장이 자신이 근무하는 도서관에서 책을 꺼내 읽고 있다.

과거 독서실처럼 이용하던 시절과 많이 달라졌군요.

✦ 제가 이곳에 온 지가 7년 가까이 되었는데, 한 해 한 해 분위기
가 다릅니다. '정숙'이라는 글자 밑에 앉아 학생들이 시험공부에 몰
두하는 분위기는 옛날이야기입니다. 흥미롭고 새로운 공간이 되고
있습니다. 말하자면 학습 공간으로 출발했지만, 이젠 은퇴자들의
평생 학습 공간, 정보 복지 공간, 철부지들의 놀이 공간의 역할을 모

두 수행합니다. 어느 틈엔가 복합 문화 플랫폼이랄까요, 그런 공간으로 변모하고 있습니다.

도서관은 정말 정숙하지 않았다. 둘러보니 결례를 조심하면서도 각자 정보와 의미를 구하는 움직임이 분주했다. 아이들의 손을 잡고 온 엄마가 같이 책을 찾거나 문화 강좌에 참가하는 모습도 보였고, 음악이 흐르는 1층 북카페에서 다과를 즐기며 담소하는 모습도 보였다. 문턱이 없는 지적·문화적 공간이랄까, 변화되는 시대에 지식 학습과 문화 교류가 다층적으로 일어나는 제3의 공간이라는 느낌이 들었다.

젊은 시절 신문 기자로 활동하셨더군요. 어떻게 갈아타셨나요?

✦ 지금 저는 62세인데요, 평생을 신문 기자로 활동했습니다. 기자는 퇴직은 빠르나 이직이 쉽지 않은 직업이라고들 합니다. 2015년 말, 만 55세 정년을 앞두고 있었는데, 그해 도서관장을 선발한다는 공고를 보고 응모했습니다. 운 좋게 합격했죠. 기자로서 연줄을 행사했으리라 의심하는 사람이 있습니다만, 그렇지 않았습니다. 빚을 지면서 인생이모작을 시작하지 않겠다는 결심 때문이었습니다. 그 대신 미리 준비한 것이 적중했습니다. 사서 자격증이 있던 저는 1997년 IMF 외환위기 때 '아차, 큰일 나겠다.' 싶어 문헌정보학 박사 과정에 진학하는 등 미래를 준비했었어요. 그때가 40세, 정년퇴

직 15년 전이었어요.

용학도서관은 특강이나 역사 문화 행사를 많이 하는 것으로 유명
하던데요?

✦ 제 혁신의 한 방향입니다. 저는 지역의 욕구를 해소하는 다양한
방식을 개발해 왔습니다. 예를 들어 요즘은 수도권 집중이 심화되어
지방이 말살되는 시대죠. 자칫하면 지역의 역사나 문화에 기반한 자
긍심도 없어지고 정체성까지도 사라질 위기입니다. 안 되겠다 싶어
2016년부터 수성구와 대구의 정체성을 재정립할 목적으로 '인문
독서아카데미', '독(讀)한 인문학', '대구, 출판문화의 거점' 등 사업을
국비나 자체 사업 방식으로 추진했습니다. '도서관, 길 위의 인문학'
사업은 두 차례나 우수도서관상을 받게 한 프로그램이죠. 또 초고
령화가 빠르게 진행되는 것을 보면서 2018년부터 운영한 '신노인
(新老人) 포럼'도 있습니다. 그 외에 매년 한 차례씩 열리는 '우리 마
을 책나눔 축제'와 '우리 마을 동시(童詩) 페스타'를 비롯해 매주 금요일 재능 나눔으로 진행되는 '용학이네 사람 책방' 등 지역 공동

용학도서관이 코로나19 대유행을 고려해 메타버스 플랫폼으로
진행한 '2021 우리 마을 책나눔 축제'

체를 강화하는 사업도 추진해 왔습니다. 지역 정체성과 주민 관심을 동시에 고려한 이 사업은 디지털 아카이빙으로 보존합니다.

관장님의 무엇이 그렇게 열정을 일으켰나요?

✦ 저는 도서관이 책을 모아 놓고 대출하는 것만으로 그 소임을 다한다고 생각하지 않습니다. 주민들의 앎의 역량을 강화하는 데 기여해야 한다는 신념을 가지고 있습니다. 정치나 종교가 사람을 일깨워줘야 하는데, 그러지 못한 것이 현실입니다. 학교는 경직되어 있고요. 지금은 지식의 수명이 짧아 학교에서 배운 것에만 의존할 수 없는 시대입니다. 시민이 과거와 미래 세상을 제대로 인식할 수 있도록 공공도서관이 그 역할을 담당해야 합니다. 또한 승자 독식의 무한 경쟁 체제에 위협받는 지역 공동체를 복원하는 역할을 해야 한다는 신념을 가지고 있습니다. 도서관은 변화에 부응해야 합니다. 살아 있는 유기체가 되어야 하는 거예요.

시대 변화에 부응한 또 다른 방법은요?

✦ 디지털 경영 혁신도 말씀드리고 싶습니다. 용학도서관은 페이스북, 인스타그램, 유튜브를 통해 모든 정보를 공개하고 소통합니다. 주머니 속 용학도서관을 만든 것입니다. 그리고 빅데이터 기술을 활용해 고객 욕구에 부응하는 혁신을 일으켰습니다. 예를 들어 포털 사이트와 소셜 미디어에서 보이는 주민의 문화 성향이나 지식

욕구를 텍스트 마이닝 기법으로 파악합니다. 또 도서관 이용자들의 대출 패턴도 데이터 기반으로 분석합니다. 미래의 트렌드와 주민들의 잠재 욕구를 분석해 자료를 준비하고 장서를 개발해 방문을 유도하는 겁니다. 디지털 자료 저장도 게을리하지 않습니다. 본격 유튜버 시대를 대비해 2019년부터는 모든 특강, 전시 자료를 영상 콘텐츠로 제작해 이곳에 탑재했지요. 그랬더니 2020년 코로나가 왔을 때 혼란 없이 대응할 수 있었습니다. 이런 방식을 인정받아 국립중앙도서관장상도 두 차례나 받았어요.

미디어 생태학자 옹(W. Ong)은 인간의 역사는 만나서 말로 소통하는 시대(구술성)에서 인쇄 문자로 의미를 소통하는 시대(문자성)로 이행했고, 이제 디지털 미디어를 통해 소통하는 말의 시대(제2의 구술성)로 전환됨을 진단한 바 있다. 김 관장은 디지털 전환이 폭발적으로 일어나고 있는 지금, 도서관이 인쇄 매체 시대의 관습을 고수만 해선 안 되고, 디지털 매체 시대의 생활 양식을 찾아가도록 향도와 같은 역할을 해야 한다는 신념을 내면화하고 있는 것 같았다.

기존 공공도서관이 하지 않은 길을 가다 보면 어려움은 없었나요?
✦ 우리 직원들이 잘 이해해 주셔서 너무나 감사하지요. 그러나 인쇄 매체 시대에 경도된 관료 시스템과 함께하기는 쉽지 않았어요. 같은 신발을 신어볼 생각이 들기까지 기다려야 해요. 인생이모작을

준비하시는 분들은 어쨌든 도서관에 오시라고 권하고 싶습니다. 하는 일이 벽에 부딪힐 때 가벼운 만남은 별로 도움 되지 않습니다. 차라리 혼자의 시간을 확보해 학습하고 축적하면 돌파구가 보입니다.

　현대 소설의 거장 호르헤 보르헤스(J. L. Borges)는 "도서관은 영원히 지속되리라. 불을 밝히고, 고독하고, 무한하고, 부동적이고, 고귀한 책들로 무장하고, 쓸모없고, 부식하지 않고, 비밀스러운 모습으로 말이다."라고 말했다. 도서관은 그 영원성을 위해 다시 변모해야 할 처지다. 옛날식 다방이 수명을 다하듯 옛날식 대학도, 교회도 수명을 다하는 시대다. 김상진은 책 밖의 책을 찾는 사람들, 도서관 밖의 도서관을 찾는 시대를 위해 계속 혁신한다. 보르헤스는 "도서관이야말로 지상에 있는 천국의 모습"이라고 했다. 인생이모작의 전환기를 맞은 사람들은 김상진의 신념을 따라 도서관에 가 볼 일이다.

김상진의 인생 팁
어려울수록 학습하는 시간을
자신에게 선물하라.

부산 지역 공공도서관 활용

공공도서관은 정부의 '무더위 쉼터'로도 지정돼 있다. 별도 냉방 운영비가 지원되는 이곳을 100% 활용하는 것도 여름을 나는 지혜다.

부산에는 사상구 도시철도 2호선 덕포역 인근 부산도서관이 허브 역할을 하는 가운데 총 49개의 공공도서관, 99개의 공립 작은도서관이 있다. 어느 한 곳의 도서관에서 회원증을 발급받으면 148개 도서관 어느 곳이든 이용할 수 있다.

부산의 49개 공공도서관은 청소년 진로 체험(남구도서관), 건강(구덕도서관), 노인(화명도서관), 인문학(해운대인문학도서관), 취업 정보(사하도서관) 등 각각 특화된 서비스를 제공한다. '부산시 도서관 포털(https://library.busan.go.kr)'에는 각 특화된 도서관 정보가 있다. 도서관을 온라인으로 이용할 수도 있다. 그리고 몸이 불편한 분은 도서관 자료를 집에서 무료로 배달받을 수 있다. 또한 거주 지역 도서관에 자료가 없으면 대학 도서관까지 뒤져서 찾아 배달해 준다.

호랑이 역사 선생님,
든든한 고향 지킴이로 돌아오다

함안 농촌 중심지 활성화 사업 안호영 위원장

성공적인 인생이모작엔 한두 가지 답만 있지 않다. 유형을 들려고 하면 수십 개가 있을 것인데, 인생일모작 때 도시에서 익힌 재능을 고향 발전을 위해 쏟아붓는 것은 어떨까? 이 경로는 학업과 취업을 위해 고향을 떠났던 베이비부머가 선망하는 방식이다. 그런데 이것도 그냥 잘되지는 않는다. 고향도, 사람도 서로의 운때가 맞아야 한다. 성공한 좋은 사례가 있다고 하여 경남 함안군 법수면 우거리의 어느 집을 방문했다.

자기소개를 해 주세요. 그리고 여기는 어디인가요?

✦ 저는 중고등학교에서 역사를 가르친 교사였습니다. 정년퇴직 후 고향에 돌아와 향토사 연구도 하고 지역 발전 프로젝트를 수행 중입니다. 이곳 함안은 마산의 북서쪽에 위치해 있죠. 역사적으로는 아라가야의 본향으로서 유서 깊은 역사를 가진 곳인데, 지금은 마산의 배후지처럼 되는 위기를 맞고 있습니다.

만나기로 약속한 가야읍 사무소 앞에 역시 전직 교사였던 부인과 함께 나온 그는 덩치가 있었다. 구릿빛으로 그을린 피부가 그의 활동성을 말해주는 듯했다. 그는 경남 지역에서 35년을 교사로 봉직한 뒤 2014년 정년퇴직한 인생이모작 9년 차, 만 70세다. 첫인사에서 필자의 고향인 진주의 역사 인물을 꿰고 있어 향토 역사가의 면모를 느낄 수 있었다.

지역 발전 프로젝트란 무엇인가요?

✦ 정식 명칭은 '법수면 농촌 중심지 활성화 사업'입니다. 농촌 주민 삶의 질을 향상시키기 위해 마을끼리 연결하는 길을 놓거나 경관을 정비하고 복지 시설을 확충하는 사업입니다. 농림축산식품부에서 주관하죠. 2018년부터 5년 동안 추진 중입니다. 50억 원의 재원이 소요되는 사업인데, 20억 원으로 복합복지관 설립, 15억 원으로 국궁장 정비, 15억 원으로 도로 보행길 정비 등을 해 왔습니다. 저는 이 사업의 추진 위원장입니다.

올해가 사업 마지막 해인데, 추진 위원장으로서 어떤 일을 하셨나요?

✦ 이 사업은 함안군이 행정청이 되고 농어촌공사가 집행하는 형식인데, 주민들이 사업 주체가 되어야 한다는 취지로 주민 20명의 추진 위원회가 결성되었습니다. 우리 추진위는 사업을 기획하고, 주민들의 의견을 받아 관과 의견을 조정하는 역할을 하고 있습니다. 또 실

안호영 위원장이, 경남 함안군 법수면 농촌 중심지 활성화 사업의 하나로 짓고 있는 복합복지청사 현황을 추진 위원과 주민에게 설명하고 있다.

제 사업 집행이 잘 되는지를 점검하고 부응하는 일을 하고 있지요.

생각만 해도 쉽지 않을 것 같군요. 주민 다툼이나 관과의 마찰이 없나요?

✦ 순조로울 리 없지요. 초기 2년은 항상 말이 많았습니다. 우리가 공동체 발전을 두고 머리를 맞대고서 함께 협의한 경험이 별로 없잖아요. 재산권이 관련될 때는 사람들이 결사적이 되더군요. 반면

본인 재산권에 무관할 때는 아예 무관심해지고요.

어려운 점은 어떻게 극복하셨나요?

✦ 대화를 많이 했습니다. 평생을 교사로 살아오면서 서로가 승리하는 대화 방식을 좀 알죠. 먹혀들더군요. 그리고 파사현정(破邪顯正) 정신을 철칙으로 삼았습니다. 저는 학교에서 학생들을 엄격하게 교육해 왔죠. 그 엄격함도 사실 파사현정이었습니다. 몇 번의 치열한 주민 다툼을 경험하면서 제가 괜찮은 마을 지도자로 자리 잡기 위해서는 철학이 필요하다고 생각했죠. 저는 이 정신을 단단히 했습니다. 결국 통하더군요. 심훈의 소설 『상록수』를 떠올리기도 했습니다. 저에게 90점을 줄 수 있을 것 같습니다.

교직에서 그는 오랫동안 상벌을 담당해 별명이 '체크맨'이었다고 한다. 자기 자신에게 엄격하기도 했지만, 인성 지도나 학력 신장에 있어서 악역의 고생을 사서 한 사람이었다. 그 엄격함의 이면에는 공공의 입장에서 바른 것을 앞세워야 한다는 신념이 있었다.

요즘은 어려움이 없나 봐요?

✦ 이제는 신뢰가 공고해진 것 같습니다. 작년에 외지의 한 기업이 우리 지역에 산업 폐기물 소각장을 지으려고 했습니다. 수억 원의 돈 공세를 하여 주민들이 상당히 동요되었죠. 재산 이익이 있으니

까요. 그런데 마을 전체에는 환경 오염, 건강 위협, 이미지 훼손 등 큰 피해가 발생할 수밖에 없지요. 제가 총대를 메었습니다. 주민 의견을 수렴하고, 법수면사무소와 함안군청에 의견을 전달하며, 소각장 설치를 결사적으로 저지했지요. 만약 중심지 활성화 사업을 하면서 만들어진 신뢰가 없었다면 실패했을 겁니다.

향토사 연구도 하셨다더군요. 이야기 좀 해 주세요.

✦ 향토사 연구는 저의 버킷리스트 중 하나였습니다. 제게 함안 지역의 향토사는 뭐랄까, 저의 평생 숙제였어요. 왜냐하면 삼국 시대 역사에 비해 가야사, 특히 함안 지역을 중심으로 하는 아라가야에 관한 연구는 활

함안에는 아직도 발굴되지 않은 가야 시대 유적이 많다. 사진은 국립김해박물관이 2002~2004년 3회에 걸쳐 안호영 위원장의 밭에서 발굴한 4세기 후반 아라가야 승석문(繩席文, 돗자리 문양) 토기 파편

발한 편이 아닙니다. 이 지역 땅과 바람에 의해 육신과 영혼을 받은 제게는 책무 의식 같은 것이 생기더군요. 그래서 퇴직 후 바로 한 선배의 소개로 함안문화원 부설 향토문화연구소의 문을 두드렸습니다. 그리고 3부작 작업을 시작했습니다. 함안 독립운동사, 함안 인물사, 아라가야 역사입니다. 이를 청소년이 읽어야 할 역사책으로 기획했고, 2017, 2018년에는 독립운동사와 인물사를 함안문화원

이름으로 출간 완료했습니다.

  그 작업은 어떤 의미를 가지고 있나요?

  ✦ 흔히 가야는 '신비의 왕국'이라고 할 만큼 알려지지 않았어요.
그런데 신라 등 삼국이 완성되기 전에 서쪽으로는 지리산 너머 남
원까지였다는 이야기가 있을 만큼 넓은 땅이 600년 이상 존속했지
요. 그중 함안은 아라가야의 중심입니다. 이를 연구한다는 것은 일
본을 포함해 고대 국가의 국제 관계를 제대로 인식하게 하지요. 더
구나 일제 강점기에는 3·1 독립 만세 의거가 경남 지역에서 가장
먼저 일어났고, 사상자가 53명에 이를 만큼 매우 치열했습니다. 지
금은 지역 중심지로서의 함안의 역사가 소멸하고 창원시의 배후지
로 전락하고 있어 안타까운 마음으로 작업한 것입니다.

  수구초심(首丘初心)을 생각하며 고향에 정착한 안호영은 지금
1,500평의 농사도 짓고 있다. 부부 교사 출신이니 현직 때보다 경
제적 여유가 공고하다. 향후 10년 계획을 물으니 그는 '가야사 밖의
함안사'에 천착할 것이란다. 그는 자신의 카톡 대문에 습노즉신흠
(慴勞則神欽)이란 글자를 새겨놓고 있다. 의미인즉, 수고로운 일일지
라도 응당히 습관처럼 하면 귀신도 존경한다는 뜻이다. 일모작 때
그가 고려대 대학원까지 마친 역사 전공 교사였던 것은 수천 년 내
력이 깊디깊은 함안 땅의 계시였을까? 이제 또 향토사에 노고를 다

하고자 하니, 그의 신중년은 활기차면서 지혜로운 청춘의 시간이 될 것이다.

안호영 위원장이 함안군 말이산고분을 배경으로 서 있다. 맨 뒤의 고분은 13호분으로, 가장 높은 곳에 있으며, 제일 크고 무덤의 뚜껑 돌에 별자리가 그려져 있다.

*

안호영의 인생 팁

개인 이익보다는 전체의 이익을 앞세워
신뢰를 얻어라.

말이산고분군 세계 유산 추진

아라가야 본산인 함안에는 왕과 귀족들의 무덤이 1,000기 이상 조영된 것으로 추정되는 말이산고분군이 있다. 단일 고분 유적으로는 국내 최대 면적이라 한다. 현재 군청에서는 총 37기의 고분을 지정 관리하면서 1,500년 아라가야 역사를 유네스코 세계 문화유산에 등재하는 작업을 추진 중이다. 고분군 인근에는 700여 년 전 생장했던 고려 시대 연꽃씨를 수습해 다시 발아시켜 만든 연꽃테마파크도 있다. 이는 고려 불교 탱화에 그려져 있는 연꽃인지라 그 가치가 깊다. 가족과 함께 주변의 함안박물관까지 가 본다면 아스라한 가야역사의 깊이에 매료되는 경험을 할 수 있을 것이다.

함께해 온 이들과의 연대를
더 큰 꿈의 발판으로 삼다

(사)한국생태유아교육연구소 임재택 이사장

대학 교수들의 인생이모작. 전문 지식이 많으니 클래스가 다르리라 생각했다. 하지만 오히려 사례 발굴이 더 힘들었다. 65세에 퇴직하다 보니 새로운 출발을 하기엔 나이가 맞지 않은 것. 그래도 '앞으로 40년을 더 살아야 하는데.'라고 생각하며 진정한 사표(師表)될 분이 계신다 듣고 방문한 곳은 센텀T타워에 위치한 ㈜한국생태유아교육연구소. 교육학자 임재택 이사장은 이미 칠십 중반의 나이인데 주름 없이 매우 건강한 얼굴이었다.

여기서는 어떤 일을 하나요?

✦ 유아 교육의 새로운 패러다임을 연구·개발하고 있습니다. 작년 11월 한국생태유아교육학회 창립 20주년 학술 대회에서 '생태 유아 교육의 지난 20년과 새로운 20년'을 주제로 기조 발제를 했는데요, 그 후속편 연구와 실천을 하고 있습니다.

임재택 이사장이 정년퇴임 후 2016년에 설립한 ㈜생태유아교육연구소 앞에서 포즈를 취하고 있다.

좀 더 설명해 주실까요?

✦ 한국의 유아 교육은 상당 부분 반생태적입니다. 교실·교사·수업 위주의 '가두리 교육'입니다. 생태적이지 못하죠. 그러니 세계 최하위 출생률 절벽이 해소되지 않는 것이에요. 저는 이 교육에 생명·생태 개념을 넣어 좋은 교육 모델을 만들고자 하는 것입니다.

1949년생 임재택 이사장은 35년을 부산대 유아교육학과 교수로 근무하다 2014년에 퇴임을 했다. 현재 9년째 인생이모작 경영 중이다. 인생 후반기를 전반기와는 완전 다른 쪽으로 나아가는 이도 있지만 오히려 더 심화시키는 이도 있다. 임 이사장은 후자의 유형에 속한다.

젊은 시절 교수님은 어떤 활동을 하셨나요?

✦ 저는 재직할 때 우리나라 유아 교육에 대해 두 가지 개혁을 주창해 왔습니다. 제도 개혁과 내용 교육인데요. 제도 개혁이란 유보 통합입니다. 즉 유아 교육을 담당하는 유치원과 보육을 담당하는 어린이집을 통합하는 일이었습니다. 그리고 내용 개혁이란 기존 유아 교육을 생태 유아 교육으로 전환하는 일이었죠. 유보 통합은 역대 대통령 선거 때마다 이슈였으나 이번 윤석열 정부에서는 2025년부터 본격 시행한다고 하니 일단 지켜보고 있습니다. 한편 생태 유아 교육은 이제 많이 수용된 개념입니다만 예전에는 완전 비주류였습니다. 저는 한국의 전통 육아 교육 방식을 바탕으로 자연·놀이·아이 중심의 생태 유아 교육이라는 독자적인 체계를 수립했죠. 이는 교실·수업·교사 중심의 병든 '가두리' 유아 교육 체제를 획기적으로 바꾸는 것이었습니다.

두 가지 개혁을 추진하신 특별한 계기가 있었나요?

✦ 1988년 서울올림픽을 기점으로 서구 식생활이 확산되면서 아이들 몸에 아토피가 생긴다는 뉴스를 처음 들었어요. 저는 그때 생태 유아 교육의 중요성에 대해 머리를 맞는 충격을 받았습니다. 그리고 그 후 미국 위스콘신대에 교환 교수로 가 있으면서 생각을 구체화시켰고, 귀국해서는 서구 학자들의 책을 손절해 버렸어요. 그리곤 허준의 『동의보감』, 중국의 『황제내경』, 한민족 전통 생활·육아법 등을 유아 교육의 입장에서 집중적으로 파고들었습니다. 저의 지식인 인생에 빅뱅을 일으켰습니다. 그래서 2002년에는 ㈔생태유아공동체를 만들었습니다. 유치원·어린이집 아이들에게 친환경 유기 농산물을 먹여 아이들의 몸 마음 영혼을 살리는 것을 목표로 했죠. 아이살림 농촌살림 생명살림을 모토로 했습니다. 오늘날 대중화된 친환경 급식의 시작이었죠.

동양적 통합 관점에 기반한 새로운 교육 철학을 주창하셨군요.

✦ 농부의 아들인 저에게 실천하지 않는 학문은 어떠한 의미도 없지요. 서구 이론을 번역해서 쏟아내는 책상물림 교수가 되기는 싫었습니다. 2008년부터는 대학 강의도 변화시켜 '잘 먹고 잘사는 법'이란 강좌를 개설해서 한겨레신문과 조선일보에 소개되기도 했어요. 그리고 ㈔한국숲유치원협회를 창립하여 한국형 숲유치원의 바람을 일으켰습니다.

교육 철학을 바꾼 후 그는 셀 수 없을 만큼 왕성한 활동을 했다. 1988년 이후 굵직한 것만 해도 다음과 같다. 부산대 보육종합센터 설립(관장, 1994~2002), 부산대 부설 어린이집 설립(원장, 1995~2007), 초등학교 취학 전 1년 만 5세 무상교육 실현을 위한 연대모임(18개 단체) 결성(상임공동대표, 1996~1998), 유아 교육 공교육체제 실현을 위한 범국민연대모임(31개 단체) 결성(상임공동대표, 1997~2004), (사)생태유아공동체 창립(이사장, 2002~2011), 한국생태유아교육학회 창립(회장, 2002~2016), 현장귀농학교 교장(2006~2009).

퇴직 후 어떤 활동을 하고 계신가요?

✦ 퇴직하니 일에 더 몰입할 수 있게 되더군요. 주로 집 서재에서 공부하고 ㈜한국생태유아교육연구소도 나갑니다. 매일 만 보 걷기, 호흡 명상, 맨발 걷기를 통한 수련과 식의주 생활 실천을 하며 이 방법을 유아 교육에 적용하는 것을 모색하죠. 아직도 우리나라 유아 교육은 일제의 교육 제도와 미제의 교육 내용을 가지고 아이를 가르치고 있습니다. 그러니 많은 문제에 시달립니다. 몸 마음 영혼이 조화롭지 못해요. 지(智)를 담당하는 머리는 시원하고 덕(德)을 담당하는 가슴은 편안하고 체(體)를 담당하는 배는 따뜻해야 합니다. 그러나 이게 안 되다 보니 영혼은 투명하지 못하고 마음은 불안하며 몸은 병들어 갑니다. 이 부조화는 상업 자본주의에서 병원과 학원을 먹여 살리는 데는 도움이 될지라도 사람이 잘 먹고 잘 놀고 잘

자는 것에는 도움이 되지 않지요. 이런 현실을 두고 퇴직했으니 편안함만을 추구할 수는 없지요.

그래서 임 교수는 정년퇴임 이후에도 지행합일의 활동을 계속했다고 한다. 2015년 ㈜부모애숲 창립(이사장), 2016년 ㈜한국생태유아교육연구소 설립, 2017년 유아교육·보육혁신연대(53개 단체)를 결성했다(상임 공동 대표). 2022년에는 아이행복세상만들기 백만인 서명운동본부를 만들어 상임 대표로 활동하기도 했다.

그래서 어떤 성과를 만드셨나요?

✦ 천지인(天地人) 생명 사상과 한국 전통 육아 방식에 기반한 생태 유아 교육 연구에 더 매진했어요. 그래서 마침내 제자들과 함께 「2019년 개정 누리과정 놀이운영 사례집」을 펴냈습니다. 교육부 보건복지부의 이름으로 발행한 유치원·어린이집 정규 교육 과정 교재입니다. 주체적 생명인으로 키우는 37개의 생태 놀이를 담은 것이고요, 생태 유아 교육이 더 이상 비주류가 아니게 만들었던 것입니다.

비주류 교육 과정을 주류로 만들며 힘든 것은 없었나요?

✦ 너무 많았어요. 제가 유아교육학과를 설립할 때도 대학 내에서는 인접 교육학과로부터 학문 취급도 못 받았죠. 또한 기존 유아교

임재택 이사장이 제자들과 연구·개발한 「2019년 개정 누리과정 놀이운영 사례집」

육학계의 '가두리 교육'에 반기를 들어 생태 유아 교육을 주창하니 반목할 수밖에 없었어요. 유보 통합 건만 해도 역대 모든 정권이 실행하지 않아서 늘 불편했습니다. 지금은 제가 주창한 시대가 오고 있지만 그때는 그 현실에 불만이 많았어요. 혁신 운동가로서 투쟁적이지 않을 수 없었습니다. 보세요. 우리가 세계 초유의 저출생 국가로 전락한 것도 제대로 된 교육 제도와 내용을 못 갖춘 탓도 있잖아요. 그것을 예견한 사회 과학자로서 슬픔과 분노를 느낀 적이 한두 번이 아니었습니다.

그러한 어려움을 헤쳐낸 성공 요인은 무엇일까요?

✦ 연대입니다. 인생이란 사람[人]으로 태어나 살아가는 것[生]이죠. 좋은 뜻을 품고 연대를 해야 일을 이루게 되더군요. 그리해야 이해 관계자들을 이겨낼 수 있죠. 개인적으로는 장혁표 전 부산대총장, 박원순 전 서울시장, 민족생활의학자 장두석 선생, 실상사 도법

스님, 김지하 시인, 녹색평론 발행인 김종철 전 교수, 한살림 박재일 전 회장, 그리고 전인치유의학자 겸 외과의사인 전홍준 박사, 『기(氣)가 세상을 움직인다』의 저자 방건웅 선생과 교류하며 생각을 다듬고 힘을 받았죠.

앞으로 어떤 꿈을 이루고 싶은가요?

✦ 아이가 행복한 세상입니다. 신명나는 아이·신명나는 세상을 만든다는 일념을 가지고 있습니다. 또한 아이들의 부모와 조부모 및 교사·원장과 그 가족의 생태적 삶과 무병장수 건강·행복·영성을 이루고 싶습니다. 그리고 잉태·태교·출산·육아 과정에 담겨 있는 우리 조상들의 생명 육아법의 지혜를 현대 방식으로 집대성하여 한국형 생태 유아 교육(K-EECE: K-Eco Early Childhood Education)을 전 세계에 확산하고자 합니다.

꿈을 이야기하는 대목에서 임재택 이사장의 맑은 얼굴에는 신념이 서렸다. 코로나19는 그의 생태 유아 교육 철학이 더 수용되는 토대로 작동하고 있다. 전국 8곳 광역시도 1,300여 곳의 시설에서 70억 원의 매출을 올리고 있는 ㈜생태유아공동체, 전국 1,000여 곳의 시설을 기반으로 17개 지회가 운영되는 ㈔한국숲유치원협회도 더 활성화될 것이다. 최근 그는 대체 의학이나 양자 역학을 통해 생태 유아 교육을 더 넓게 깊게 파고들면서 사명감 때문인지 즐겁기만

한 것 같다. 아마 지난 시절 지행합일의 활동을 통해 자신을 더 크게 사용하는 묘법을 깨달아 가는 듯하다. 그는 유아 교육의 큰 레퍼런스가 되고 있다.

임재택의 인생 팁
인생일모작에서 함께해 온 사람·단체들과
계속 연대 활동하라.

투스타 출신 軍튜버,
전 세대와 교감하는 '소통령' 우뚝

장군멍군 유튜버 고성균

군인과 유튜버. 아무리 유튜버가 대세라지만 이해되지 않는 조합이다. 그렇기에 구독자 7만 명을 거느리며 인기몰이하는 예비역 군인을 추천받았을 때 솔직히 저어했다. 더구나 이 유튜버가 별 두 개의 장군 출신이라니. 그러나 마침 군인들의 인생이모작은 어떠할까 궁금하기도 했었기에 서둘러 경기도 용인까지 방문하여 그를 만났다.

운영하고 계신 채널을 소개해 주세요.

✦ 저는 현재 유튜브에 '고성균의 장군멍군'이라는 채널을 운영하고 있습니다. 2021년 5월에 시작했고요. 2023년 6월 기준 구독자

는 6만 7,600명이고 250개의 동영상이 있으며 누적 총 조회 수는 약 947만 회입니다.

고성균 군튜버가 27사단 이기자 부대가 해체된다는 소식을 접하고서 강원도 화천군 사창리를 직접 방문하여 '장군이 간다'라는 코너를 진행하고 있다.

군인이라면 과묵하고 보안을 강조하는 쪽의 사람임에도 불구하고 구독자 7만 명, 누적 조회 수 1,000만 회를 곧 달성할 유튜버라니, 별난 스타일일까 생각도 했다. 하지만 만나 보니 그는 흰머리가 무성한 품위 있고 편안한 노신사 타입이었다. 현재 65세인 그는 이야기를 나눌수록 정체성이 분명한 퇴역 군인이었다. 그는 어떤 인생이모작 스토리를 갖고 있을까.

고성균 장군이 도덕적 용기로 위국 헌신하며 대한민국 미래 군 주역들을 양성하던, 육군사관학교장 때 모습

육군 장군 출신이라고 들었습니다만….

✦ 저는 2008년에 이른바 장군이 되었고요. 그 후 제31보병사단장, 육군훈련소장을 거쳐 최종으로 육군사관학교장으로 퇴직했습니다. 육사 제38기로 1982년 소위로 임관된 이후 총 34년의 군 생활을 했죠.

그렇군요. 유튜버 활동에 대해 더 이야기해 주세요.

✦ 유튜브를 시작한 지는 만 2년. 채널 개설 두 달 만에 구독자 3만 명을 달성하며 성장해 왔습니다. 군대 생활과 전우애 등을 주제로 1주일에 한두 개씩 업로드하는데 특히 토요일 밤 9시에는 1시간 30분가량의 생방도 하죠. 유튜브 홈에서 '고성균의 장군멍군'을 검색해 보세요. 군대 생활의 고충이나 군대 이야기를 '장군이 간다', '장군의 톡톡', '장군의 시선', '장군의 먹방', '장군의 전우들', '장군의 인생 이야기' 등의 코너를 통해 보여 드리고 있습니다.

애초 유튜버 활동을 어떻게 시작하셨나요?

✦ 많은 국민이 군에 대한 편견을 가지고 있죠. 이를 해소하고 싶었습니다. 남북 분단 상황에서 호국의 중요성은 말할 것도 없는데, 우리 군은 정치나 사적 경험 때문에 과하게 부정적으로 인식되어 있어도 그 누구도 이를 어떻게 하지 못하고 있어요.

남성들에게 군은 돌아보고 오줌도 누기 싫은 곳이다. 여성들은 남성들의 군대 이야기라면 듣기도 전에 고개를 돌린다. 이런 환경에서 군 관련 좋은 뉴스는 눈을 씻고 봐도 없다. 그는 평생을 군인으로 헌신해 오면서 이것이 너무나 안타까웠단다. 그래서 유튜브에서 군대 이야기를 가지고 썰을 푸는 '군튜브'를 개설하자고 결심했다. 그러나 이미 레드오션이 된 유듀브 세계에서 어떻게 강자가 될 수 있었을까.

막상 유튜브를 잘 운영하기는 쉽지 않았죠?

✦ 고민을 많이 했습니다. 대중에게 군대 이야기는 궁금하면서도 외면하고 싶은 소재죠. 그러니 성공할 수 있을지 고민했죠. 그래서 유사 콘텐츠로 활동하는 유튜버들을 많이 만났고, 관련 책들도 많이 봤죠. 결론은 가능성이 있다는 것이었습니다. 왜냐? 저는 장군 출신이기 때문입니다. 군대에 무심한 사람들도 장군에 대한 호기심은 많습니다. 장군은 어떻게 생긴 사람일까, 어떤 생각을 하는 사람

일까 등등. 저 스스로가 매력 자원이라고 판단한 겁니다.

장군 출신이란 것이 오히려 리스크가 있지 않나요?

✦ 편견이 문제였습니다. 예를 들어 적지 않은 연금으로 편하게 지내도 되는 예비역 장군이 애들처럼 스마트폰이나 가지고 논다는 시선, 보안이 강조되는 영역이니 위험하다는 편견이죠. 가장 고민이었지만 그것도 결국 극복했습니다. 선입견 때문에 아무것도 하지 않음으로써 군대가 얻은 이익이 무엇인가를 생각했습니다. 보안 문제를 조심하면서 공감적 대화를 하자고 결심했죠. 저로서는 도덕적 용기를 내었습니다.

군대의 어떤 것을 콘텐츠로 만드나요?

✦ 애초 핵이나 북미 관계 등도 생각했지만 결국 소소한 소재로 가닥을 잡았습니다. 생활 중 겪는 어려움을 장군에게 상담받고 싶어 하는 사람들이 많아요. 군 생활 중 극단적 선택을 한 병사의 마음을 돌린 일도 있었고요. 선후배가 계급이 역전되었을 때 어떻게 해야 하는지 삶의 지혜를 조금씩 가미하며 이야기하면 너무들 좋아하시죠.

다른 유튜브에도 출연하셨더군요.

✦ 네. 이미 인기 있는 타 유튜브 채널 출연이 도움이 되더군요. 구독자 127만 명을 가진 '보다 BODA'에 출연했을 때는 조회 수 100

만 회로 인기 급상승 동영상 1위에 등극하여 방송인 유재석과 나란히 치트키가 되기도 했지요. '박군의 박꾼'에 출연한 것은 조회 수 90만 회를 기록했죠. 삼프로TV, KBS 재난방송, 채널A의 이만갑 등의 출연도 도움이 되었습니다.

어떤 원칙을 가지고 계시겠군요.

✦ 당연하죠. 저는 행복한 소통이라는 원칙을 갖고 있어요. 소통은 한국 사회의 핵심 열쇠입니다. 이를 위해 저는 공감적 대화를 우선합니다. 그들의 관심사를 미리 공부하고 그들의 언어를 사용하여 대화합니다. 그리고 신뢰를 중요하게 생각합니다. 오늘날 군대가 이토록 중요한 일을 하면서도 왜 정당한 인정을 못 받는가? 신뢰 획득에 실패했기 때문입니다. 군대에서 보안이 중요한 것은 맞지만, 보안이란 글자 뒤에 숨어 혁신에 굼뜨죠. 이제 군은 신뢰 관점에서 변화해야 합니다. 또한 통합이 중요합니다. 사회가 너무나 분열되어 있죠. 어른이 사라진 사회입니다. 전 국민이 공감하는 건강한 시대 가치관이 없어진 오늘입니다. 저는 군튜브를 하면서 통합의 에너지를 어떻게 만들 것인가를 늘 고민합니다.

공감적 대화는 쉽지 않은데 별도로 훈련한 계기가 있었나 봐요?

✦ 네. 저는 퇴직 후 3년간 숙명여대에서 안보학을 가르치는 교수 생활을 했습니다. 그때 젊은 세대와의 공감의 중요성과 방법에 대

해 많은 걸 깨달았습니다. 그게 도움 되었습니다.

고성균 예비역 장군의 교수 생활은 인생이모작의 기본자세를 세우는 시간이었던 것 같다. 안보의 중요성을 놓치지 않으면서도 20대와 공감하기 위해 정말 전력투구했다고 한다. 그래서인지 강의를 맡은 맨 첫해는 수강생이 미달했지만 3년 뒤 마지막 학기에는 800명이 몰려드는 강의로 만들었다. '갓갓갓'이란 칭호를 받는 최고 인기 교수가 되었다.

군인으로서 어떤 타입이었던지도 궁금하군요.

✦ 돌이켜 보면 저는 현역 시절 늘 문제를 해결하고자 노력한 혁신가 타입이더군요. 문제 해결을 위해 할 말을 하기도 했죠. 육본 인사근무과장으로 재직하던 2007년에는 초소나 위병소의 근무자, 운전병도 선글라스를 착용할 수 있도록 제도 개선을 주도했습니다. 눈부심 방지를 위해 필요한 데도 건방져 보인다는 이유로 허락되지 않은 복식이었죠. 허상을 부수고 실용 관점으로 혁신한 거죠. 2000년에는 모든 군부대 보고서 양식을 표준화하여 질적으로 고도화한 것도 자랑하고 싶습니다.

대개 군인 출신의 인생이모작은 어떤가요?

✦ 위관급은 43세, 대령은 56세 정도에 퇴직하는데, 인생이모작

은 정말 어려워요. 장군으로 퇴직하면 대학의 초빙교수로 3년을 가기도 합니다만, 영관급들이 정부 기관이나 방위 산업체에 가면 운이 아주 좋은 것이죠. 사회와 괴리된 특수 집단에서 사명감 하나로 수십 년 있다 퇴직해 나오면 적응하기 정말 힘듭니다. 나라에서 특별한 조치를 취해야 합니다!

사회학자 머튼(R. K. Merton)은 사람이 미래에 맡을 것으로 예상되는 일을 미리 학습해 두는 것을 예견적 사회화(Anticipatory Socialization)라고 했다. 군인과 같은 폐쇄적 특수 조직에서 평생을 살아온 사람들은 특수한 방식으로 인생이모작을 준비해야 한다. 이때 기억할 것이 예견적 사회화 역량이다. 현재 추세라면 '고성균의 장군명군'은 연말쯤 구독자 10만 명을 확보하는 실버버튼을 소유할 수 있을 것 같다. 육사 교장 출신 고성균은 자신이 되고 싶은 미래 모습을 예견하고서 자신의 장점을 미래 트렌드에 맞도록 충성스럽게 조율하며, 또 즐기며 진군하는 최고 교본이다.

고성균의 인생 팁

과거 영광에 집착하지 말고
미래를 꿈꾸며 현재에 충실하라.

2부

두려움을 떨치고
새 세계로,
환골탈태(換骨奪胎)

40년 음지 생활 청산,
홀몸 노인 도시락 배달 천사로
훨훨 날다

숲봉사회 김유태 회장

세월은 깡패다. 세월은 모든 것을 변화시킨다. 그래서 어떤 이의 인생이모작 진입은 과거와의 단절이고 생활의 절단이다. 혁명이다. 여기 무정했던 시절을 단속하고 완전 새로운 이모작기로 진입한 이가 있다. 바로 그 유명한 조직폭력 유태파의 두목 김유태. 그는 40여 년의 음지 생활을 접고 8년째 지역 노인들을 돌보고 있다. 필자는 그의 인생의 메시지가 궁금해 6개월간 정성을 들인 끝에 인터뷰에 성공했다.

안녕하세요? 지금 하시는 일은 무엇인가요?

✦ 동구에 거주하시는 저소득층 독거노인들에게 라면 달걀 과일 반찬 등을 배달해 드리고 있습니다. 매주 월요일 30여 가구의 어르신들에게 드리고 있습니다.

필자는 사실 이번에 약간 평범치 않은 마음으로 나갔다. 나 같은 평범한 사람이 그 유명한 조폭의 전설을 만나는 게 어디 쉬운 일인가. 항구 도시 부산은 과거에 조폭들이 유명했다. 김유태 씨는 부산의 20여 개 조직 중 칠성파와 함께 양대 산맥이었던 유태파의 보스였다. 이제 그가 세월 속에 다른 인생이모작을 산다는 이야기를 듣고 만남을 청한 것이다. 그런데 찻집에서 마주 앉은 그의 첫인상은 예상과는 달랐다. 마음씨 좋은 초로(初老)의 이웃이었고 봉사 활동에 전념하고 있었다.

김유태(왼쪽) 숲봉사회 회장이 봉사 활동을 마치고 회원들과 함께 배달 차량 앞에서 기념사진을 찍었다.

봉사 생활 얼마나 되셨나요?

✦ 약 8년 정도 되어 갑니다. 쉰아홉이던 2015년 6월 2일부터 시작했

습니다. 범일동 조방 앞에서 갖가지 직업으로 개미처럼 살고 있는 사람들과 뜻을 함께하여 활동하고 있습니다.

이 활동 전에는 어떻게 생활하신 건가요?

✦ 저의 과거 생활이 궁금하시군요. 1956년 동구 범일동에서 태어난 저는 고등학교를 중퇴하고 동네 체육관 주변에서 휩쓸려 다녔습니다. 그러다 스물한 살쯤부터 조직 생활을 하던 선배 친구들과 어울려 다니는 생활을 시작했어요. 그러던 중 동생들이 부당히 희생당하는 것을 보고 선배와 다투었습니다. 그 사건으로 1989년 살인 미수라는 죄명으로 구속되었는데, 검찰에서 저를 유태파 보스 김유태라고 칭하더군요. 저는 조폭의 보스였지만 아우님들을 한 번도 무력으로 이끌지 않았습니다. 공감을 아주 중요하게 하다 보니 부산의 최고 조직이 되기도 했죠. 약 40년 정도 조직 생활을 한 것 같습니다. 그중 4차례, 약 9년의 옥살이도 했습니다.

그런데 봉사 활동은 어떻게 하시게 되었나요?

✦ 감옥에 네 번째 들어간 3년 6개월 동안 독방에서 인생의 방향에 대해 심각하게 고민했습니다. 이 사회로부터 받은 빚을 갚아야겠다는 생각이 들었어요. 조직의 아우들을 보살피는 일도 중요하지만, 사회에 기여하는 삶으로 방향을 잡았습니다. 또한, 남겨둔 80대의 노모, 고생하는 아내, 아이들, 손주들도 생각해야 했고요. 출소

후 2014년 가을에 지인들과 경주에 갔습니다. 그곳 금오산 정상에서 뜻맞는 분들과 결의했습니다. '누구나 과거는 있다. 어두운 과거는 뒤로 하고 세상 밖으로 나가자!'라고요. 그해 겨울 어색해하면서 노인들에게 첫 봉사 활동을 간 것이 시작이었습니다.

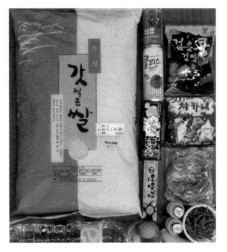

숲봉사회가 지역 노인들에게 매주 월요일마다 직접 배달하는 식품들

사람들은 인생이모작기에 살아온 방향으로 더 깊이 빠져들거나 아예 전향을 한다. 유달리 독서를 즐겼던 김유태는 전향을 택했다. 그는 4번에 걸친 9년의 감방 생활 중 어떤 때는 하루 한 권씩 책을 읽어냈다고 한다. '몸은 멈추었지만 생각은 멈추지 않는다.'라는 잠언을 늘 되새겼다고 한다. 무엇을 읽었는지를 물어보니, 안병욱 김형석 박경리 조정래 등 술술 꿰었다.

잘 맞던가요? 살아온 세계가 달라 힘들지 않던가요?

✦ 전혀요. 오히려 방문 첫날 단번에 '나에게 꼭 맞는 활동'이라는

확신이 들더군요. 그래서 2015년 6월에는 아예 30명을 모아 '숲봉사회' 단체를 결성했고, 동구 지역의 독거노인 30가구에 도시락을 배달하기 시작했습니다. 아내와 함께 운영하는 음식점 주방을 활용해 회원들과 음식을 직접 한 것이었습니다. 코로나가 터진 이후 도시락 음식 배달은 라면 달걀 반찬 등으로 축소되었지만 한 번도 빠지지는 않았습니다.

음식 비용은 어떻게 조달하시나요?

✦ 모두 자체 조달합니다. 20명의 회원이 내는 회비와 가까운 지인들이 주는 돈을 합하여 매달 모이는 200만~300만 원 정도의 예산으로 해 왔습니다. 지자체나 기업의 지원을 한 번도 받지 않았습니다. 처음에는 음식을 나르는 운반 차량이 없어 힘들었지만, 지금은 가까운 독지가가 도와주셔서 너무나 감사하죠.

거의 8년의 기간이니 간단치 않은 세월인데요?

✦ 짧은 세월은 아니지만 어렵지 않았습니다. 욕심이 적으면 근심이 적다고 했지요. 욕심 적은 사람들이 모여 더 어려운 노인을 도우니 보람이 가득하더군요. 부산 동구 의회 8대 의장을 지내셨던 김성식 초대 회장, 6년째 총무를 맡고 있는 장성준 전 동구청년연합회장, 오세택 회원 등 전체 회원들의 헌신 덕분입니다. 우리들끼리는 형제 이상으로 가까워졌고요. 지난 조직 생활 때의 사람은 여기

한 명도 없습니다. 이제 우리는 독거노인들에게 '월요일의 남자'로 소문나 있습니다. (웃음) 월요일에 배달 방문을 하기 때문이죠.

그의 봉사 활동은 몇 년 전 국회방송과 중앙일보에 보도된 적이 있다. 보도 후 칭찬 격려가 더 많았지만, 그의 활동이 거짓이나 위선이 아닌가 하고 보는 시선이 있었다 한다. 그는 따가운 시선은 채찍으로, 칭찬은 당근으로 생각하고서 뚜벅뚜벅 양지를 향해 걷고 있다. 인생일모작기의 도덕적 무게를 책임지고 있는 것이다.

앞으로의 인생에 무엇을 하시고 싶으신가요?

✦ 가출 청소년들을 돌보고 싶습니다. 그리고 교정 복지 일을 하고 싶습니다. 수형 중인 사람들의 욕구와 상황을 너무나 잘 알고 있습니다. 저만 해도 한국전쟁 이후 태어난 곳이 그러하다 보니 음지 생활로 들어갔을 뿐입니다. 지금은 인생의 의미를 깨닫고 저의 의지대로 살고 있지요. 상담 전문가도 만나기 힘들 만큼 나빠진 아이들을 일으켜 주고 싶습니다. 그들의 불안과 절망을 감싸 안고서 변화를 향한 진정한 용기를 불어넣어 주고 싶습니다.

실질적 준비를 하고 계신거죠?

✦ 독거노인 봉사 활동 중 많이 부족한 저 자신을 깨닫게 되었고, 그래서 일주일 다니다가 자퇴했던 고등학교를 다시 들어가 졸업했

습니다. 저를 혹독히 변화시켜야 했습니다. 2019년에는 부산경상대학교에 입학하여 복지학 공부를 시작했습니다. 사회복지사 자격증도 취득했습니다. 곧 4년제 대학에 편입할 것입니다. 청소년 상담법을 공부하여 전문적인 계도를 해주고 싶습니다. 저만큼 어두운 생활을 해 본 상담복지가는 없을 것입니다. 배달 봉사를 하던 날 거의 사망 직전의 노인을 문을 따고 들어가 병원에 이송시킨 적도 있습니다. 정부 지원의 사각지대에 계신 노인들을 보면 마음이 아픕니다. 코로나도 끝나가니 좀 더 도울 수 있으려면 숲봉사회도 법인 등록이 필요합니다.

사람들의 꿈은 저마다 타이밍이 있다. 그에게는 봉사의 꿈이 59세부터로 비교적 늦게 열렸다. 전쟁 후 피난민들이 빠져나간 부산 동구 지역에 태어나 제대로 교육받지 못하고 휩쓸린 삶이 60년을 왔다. 비록 음지 세계였지만 사람 관계에서 정도와 의리를 지키니 따르는 아우들이 많아 두목까지 되기도 했었다. 그러나 이제는 새로운 정체성을 만드는 데 성공하고 있다. 그동안 인생의 진실을 보는 눈도 더 깊어진 듯하다. 운명의 순리와 역행을 경험하니 세상을 보는 눈도 더 확장되었다. 중국의 고서『전국책』에는 '욕심이 같은 자는 서로 미워하고 걱정이 같은 자는 서로 친하다.'라는 말이 있다. 그는 세상의 욕심으로부터 벗어나 독거노인들과 불우한 청소년들의 걱정을 떠안고 그만의 인생이모작을 개척한다.

김유태의 인생 팁

한결같이 겸손함을 유지하고
사람의 마음을 얻어라.

부산 동구 지역 노인 생활

'조방앞'으로 유명한 동구는 고령화 대비 복지 예산의 증대가 긴급한 곳이다. 행정안전부에 따르면 2022년 기준 고령화율 21.5%로 전국 7대 대도시 중 유일하게 초고령사회에 진입한 부산에서, 동구는 65세 이상 인구의 비율이 28%로 영도(30%), 중구(29%) 다음으로 높다.

동구 지역에는 독거노인도 많은데, 독거는 고독사의 원인이 되기도 한다. 2022년 동남지방통계청에 의하면 동구의 1인 가구 비율은 39%로 중구(48.8%)에 이어 2위다. 여성가족부에 따르면 부산 1인 가구 44%는 '고립으로 인한 외로움'을 호소했으며, 65%가 '아프거나 위급할 때 혼자서 대처하기 어려움'을 경험했다고 한다. 또한 질병관리청(2022년)에 따르면 인구 10만 명당 코로나로 인한 사망자 수가 부산이 67명으로 전국 1위였는데, 동구의 사망률은 서구에 이어 2위였다.

건축사업가로 인생 리모델링…
"부산 청년 창업 멘토 될 것"

DY대경디엔씨 김대환 대표

더위가 그친다는 처서인데도 무더위가 기승을 부리는 늦여름. 더위에도 아랑곳없이 땀 흘리며 공사장에서 일하는 사람이 있다. 한눈에도 몰입도가 엄청난 사람처럼 보인다. 중앙부처 국가 공무원으로 29년, 공직을 은퇴한 지 6년, 그는 이제 건축 공사 일이 손에 완전히 익은 리모델링 전문가로 변신하는 데 성공했다. 김대환 DY대경디엔씨 대표를 찾아 방문한 곳은 부산 중구 중앙동 국일빌딩 공사 현장.

지금 어떤 일을 하고 계신가요?

✦ 빌딩 리모델링 일을 하고 있습니다. 여기 중앙동 지역에는 오래된 건물이 많은데요. 건물을 인수해 공간 재배치를 통해 엘리베이터 및 냉난방 시스템 화장실을 새로 설치하고 배관 전기설비를 교체합니다. 이렇게 현대 감각에 맞게 재탄생한 공간을 임대합니다.

김대환 사장은 빌딩을 리모델링해 임대하는 건축 사업자다. 그는 지난 몇 년간 중앙동의 오피스 빌딩 2곳, 남천동 빌딩 1곳을 이렇게 완성했다. 건물을 구입하고 완전히 재탄생시키는 데는 거의 2년이 걸린다. 낡은 건물의 가치를 상승시키고 높은 입주율로 수익을 극대화한다. 현재의 자산 가치를 묻자 그는 거의 은행 대출이라며 즉답을 피했다. 몇 년 사이에 상당 규모의 자산을 확보했고, 이제 리모델링 전문기업으로서의 사업 기반을 구축한 듯하다.

DY대경디엔씨 김대환 대표가 부산 지역 빌딩 리모델링 공사 현장을 살펴보고 있다.

공직자였는데 어떻게 이 일을 시작하셨나요?

✦ 2016년, 그러니까 29년 동안 지냈던 공직을 서기관으로 마칠 무렵, 앞으로 남은 40년을 고민했습니다. 고민이 심할 때는 마침 제가 근무하던 부산 북항이나 중앙동 구시가지를 배회하곤 했는데 어느 날부터 노후 건물이 눈에 띄기 시작하더군요. 이들을 재탄생시켜보자는 생각이 들었

김대환 대표가 2016년 29년간 공직에 근무한 공로로 퇴직할 때 받은 근정포장

습니다. 시장 조사를 해보니 틈새시장이 되겠더군요. 그렇게 시작한 리모델링 사업이 이젠 빌딩을 3채 정도 보유하는 수준까지 발전했습니다.

하던 일이 아니었기에 매우 힘들었을 것 같은데요?

✦ 저는 인생이모작을 위해 두 가지를 준비했습니다. 하나는 박사 학위를 받는 것이었습니다. 대학에서 강의하고 싶었거든요. 그래서 퇴직 7년 전 부산대에서 석사, 4년 전 동의대에서 박사 학위를 받았습니다. 다른 하나는 건물 리모델링 사업인데 노후화된 건물을 재탄생시킨다는 즐거움에 힘들다는 느낌 없이 적응했어요. 공사 현장

에 가면 마음이 홀가분해 마치 고향 집에 온 느낌이었습니다.

좀 더 자세히 설명해주세요.

✦ 흔히 직업을 선택할 때 고려하는 것이 있지요. 잘할 수 있는 것을 하느냐(A), 하고 싶은 일을 하느냐(B)입니다. 인생이모작에서는 대개 B를 택하라고 합니다. 평생 가족 건사하기 위해 내키지 않은 일도 하며 살아왔기에 이젠 B를 하라는 말이지요. 쉬엄쉬엄하라는 의미도 있지요. 그런데 저는 B를 택하면서도 A의 경지까지 끌어올리고 싶다고 생각했습니다. 어느 시점에는 '한 번밖에 살지 못하는 삶인데 정말 잘해보자.'라는 생각에 압도되었습니다. 죽자고 열심히 했습니다. 건축을 공부하기 위해 다시 대학생이 되기도 했습니다.

교수로서 활동하셨는데, 또 학생이 되셨다고요?

✦ 네, 그렇습니다. 리모델링 사업을 시작했지만, 막상 건축 일에 대해선 아는 게 없었어요. 현장 작업자에게 끌려가게 되고요. 그래서 내친김에 동의과학대 토목과(2년 과정)에 입학했습니다. 흙과 콘크리트, 구조 역학에 관해 알게 되더군요. 졸업하고선 2020년에 동명대 건축공학과 3학년에 편입했습니다. 총 4년 동안 낮에는 건축 일을 하고, 밤에는 강의를 들었죠. 30년이나 어린 친구들과 같이 공부했습니다. 이공계 수업은 한 번 결석하면 그다음 진도 내용을 이해하기 어려워요. 문과와 다르죠. 대학 다니는 4년간은 친구들하고 연락

을 두절했습니다. 감수해야 했습니다. 혼을 쏟아부어야 했거든요.

동의대 교수 시절 학생들과 항만을 찾아 현장 수업을 하고 있는 김대환 대표

대학 강의도 동시에 하셨지요?

✦ 그랬어요. 하나라도 소홀히 하고 싶지 않았습니다. 리스타트 인생, 시작 선에서부터 근면하게 살고 싶었어요. 2016년 퇴직한 다음 해부터 5년간 강의했는데, 대학으로부터 강의 평가 우수교원 표창장을 받기도 했습니다. 공직에 있으면서 대통령 표창도 받고, 근정포장(훈장 아래 단계)도 받았지만 학생들의 강의 평가를 토대로 선정되는 이 표창장에서 더 큰 자부심을 느꼈습니다.

인생에 그저 주어지는 것은 없다고 했던가. 그는 동의대 국가안

전정책대학원에서 현대 기업의 생존과 역할에 관해 강의했고, 학부생에게는 산학연계학 캡스톤디자인을 강의했다. 그의 강의는 유별났다. 학생을 항만 현장에 꼭 데리고 다니며 가르쳤다. 현실 기반으로 유니콘 기업의 꿈을 꾸게 하고 실현하는 방법을 심어주기 위해서다. 생텍쥐페리의 언어를 빌려오면 그는 '배 만드는 법'과 '바다에 대한 동경심'을 동시에 키워준 것이다.

지금은 건축 일만 하시는 거죠?

✦ 리모델링 일은 하면 할수록 매료되는 맛이 있더군요. 저의 진심과 근면성을 다 받치고 작업자의 협력을 끌어내 재탄생하는 건물을 보면 말할 수 없이 기뻐요. 일종의 카타르시스 같은 겁니다. 저는 작업장에 오물이나 담배꽁초가 뒹구는 것을 허용치 않습니다. 매일 아침 가장 먼저 공사장에 들어가면서 건물에 말하죠. "아프지 않도록 할게, 더 멋있게 탄생시켜 줄게!"라고요. 혼을 불어넣습니다. 더 알면 더 사랑하게 된다 했나요? 토목학 건축공학을 공부하고 나니 건축물을 더 사랑하게 되더군요. 현장 작업자도 이젠 저의 진심을 압니다. 땀과 혼을 건물에 쏟아 넣으니, 건물은 제가 더 큰 일을 할 수 있는 구조를 만들어 주더군요.

더 큰 일이란 게 무엇인가요?

✦ 우리나라 리모델링 사업의 한 획을 그어보려 합니다. 한편, 청

년 창업을 도와주는 일도 본격화할 겁니다. 요즘은 경제경영의 틀이 완전 리모델링되는 시대입니다. 지금은 삼성 LG 현대 같은 글로벌 기업을 창업했던 60년대와 같은 시기입니다. 제가 리모델링한 세창빌딩에 창업보육센터인 DY세창비즈니스센터를 개설하고, 중기청 인가 ㈜글로벌창업지원네트워크를 입주시켰는데, 제가 이 단체의 이사장으로 부임했습니다. 이 조직은 벤처기업의 성공과 실패 경험을 가진 CEO 멘토, 과학기술인, 각 분야 기술 명장 약 100명이 주축이 되어 만든 일종의 청년 기술 창업 지원 단체입니다. 저는 이러한 창업 전문과들과 함께, 부산 청년들에게 제 사업 성공 경험과 해양 항만 분야의 전문성을 전수하여 그들의 꿈을 돕고 싶습니다. 청년들이 진신 근면 협력의 정신 자세와 실전 경험을 갖출 수 있게 말이죠. 부산판 청년 창업의 가능성을 확인시켜 보려 합니다.

누군가는 말한다. 인생이모작 때는 쉬엄쉬엄하라고. 삶의 균형을 찾으라는 말이다. 좋은 말이긴 하지만 열정이 없는 말이다. 인생이모작에 정답은 없다. 누군가는 인생이모작의 시작점을 '반환점'이라 하고, 누군가는 잠시 물 한잔하고 나아갈 '직진점'이라 한다. 누군가는 상처 많은 세월 위로받고 싶어 하지만 누군가는 신발 끈을 묶는다. 김대환은 딱딱했던 공직을 벗어나 6년 동안 시멘트와 모래, 철근으로 된 건물에 혼을 심었다. 어느 시점 진근협(眞勤協), 즉 진실 근면 협력이 중요하다는 걸 깨달았다. 기업인에게 중요하다고 흔히 말하는 혼창통(魂創通)의 김대환 버전이다. 이것만 있으면 부(富)는 따라온다는 것도 깨달았다. 말하자면 그 나름의 인생 철학이 만들어진 것. 머리 써서 만들기 전에 깨달아지는 경지다. 이는 더벅머리 시절 경영학도 때부터 품었던 열망을 어느 시절에서든 계속 지펴 온 삶에 주어진 위대한 보상이다.

김대환의 인생 팁

먼저 스스로를 진실 근면 협력의
인생 철학으로 리모델링하라.

은행 지점장에서
수산 가공社 대표로 탈바꿈하다

나라수산 오용환 대표

성공하기 위해서는 인생을 걸어야 한다. 절실히 파고들어야 한다. 그런데 안정된 직장 생활만 해 왔던 사람이 치열함만으로 기업을 일으킬 수 있을까? 좋은 사례가 있다고 해서 방문한 곳은 부산 사하구 감천동 고등어 가공 회사인 나라수산. 반겨 맞은 이는 서글서글하고 인상 좋은 금융인 출신 오용환 대표다. 그는 올해 매출 40억 원을 내다보며 무한 질주 중이란다. 그에겐 어떤 비결이 있을까?

회사를 소개해주세요.

✦ 저희는 자반 고등어와 순살 고등어를 제조·생산하는 전문 기

나라수산 오용환 대표가 고등어 손질 작업장을 배경으로 자체 개발한 '고등어의 품격' 제품을 들어 보이고 있다.

업입니다. 2019년 4월 창업 첫해 10억 원대를 시작으로 2년 차에는 20억 원대, 3년 차에는 30억 원대의 매출을 기록했고 4년 차인 2023년에는 40억 원 이상 달성할 것을 예상합니다. 현재 몽골과 중국에 물량 수주를 앞두고 있으니 앞으로 더 큰 성과를 기대하고 있습니다.

사업을 오래전부터 준비하셨나요?

✦ 저는 56세까지 부산은행 지점장으로 근무했습니다만 사실 별다른 준비도 없이 나왔습니다. 좋은 실적으로 은행에서 특진도 했지만, 퇴직 시점에는 적잖이 당황스러울 만큼 2부 인생 준비에 대

해서는 소홀했습니다. 그러니 마음이 정말 힘들었어요.

　은퇴 후 오 대표는 두 군데 회사의 부사장으로 초빙되어 근무했다. 그런데 회사를 몇 번 옮기는 과정에 있었던 공백기에는 정신적 위기감도 심했다. 냉혹한 현실을 마주한 시간이었기 때문이다. 오 대표는 돌이켜 보니 이 시기를 잘 넘기는 일이 매우 중요했다고 떠올렸다.

　다행히 시련 속에서 사업을 시작할 수 있었군요.

　✦ 많은 생각과 고민으로 지쳐있던 어느 날 고등어 제조 가공업으로 꽤 유명한 지인에게서 함께 일하자고 제안받았습니다. 고등어에 대해서 전혀 지식이 없었던 터라 고민도 했지만 결국 2부 인생에 용기를 냈어요. 그래서 새벽 5시 부산공동어시장의 경매 현장에 나가는 일부터 시작했습니다. 60세였어요. 지인의 작업장에서 몇 달간 공정을 하나하나 체득하며 기술을 배우고 공부했지요.

　그때부터 이렇게 잘 되었나요?

　✦ 세상에 쉽기만 한 게 어디 있나요? 큰 위기도 있었지요. 어느 정도 궤도에 오르고 속도를 내야 할 때쯤이던 지난해 1층의 화재로 4층 우리 공장이 전소되어 버렸어요. 화재 현장은 그야말로 폭격을 맞은 듯 참혹했어요. 공장장을 잃는 인명 사고까지 있었기에 믿을

수가 없었습니다. 여러모로 많이 힘들었어요. 다행히 거래처의 신뢰를 놓치지 않았고 전 직원이 애써 주신 덕분에 2개월 만에 재가동하게 되었지요.

그런데도 단기간에 기업을 일으키신 비결이 있겠죠?

✦ 저희는 더욱더 연구하고 노력했습니다. 경쟁이 치열한 수산업계에 거래처는커녕 아무런 기반 없이 시작했으니 뼈를 깎는 심정이었습니다. 그러나 정신을 차려야 했죠. 핵심은 거래처 확보였습니다. 그래서 경기 포천에서부터 전남 목포까지 전국 수산 도매 시장, 유통 회사, 도매 판매점, 유명 시장을 전부 조사하며 회사와 제품의 우수성을 알렸습니다. 다섯 번이나 전국을 다니며 정성을 들이니 다들 기존 거래처가 있었지만 반응을 보여 주시더군요. 평일은 새벽에 공동어 시장 경매일부터 시작해 회사 일을 보고 주말에는 전국을 다니며 거래처를 뚫는 일정을 소화했습니다. 힘들지 않았냐고요? 하루하루가 변화무쌍했지만 목표를 명확히 했고, 해낼 수 있다는 자신감, 반드시 결실을 보고야 말겠다는 의지로 신나게 일했습니다.

또 다른 비결도 있겠지요?

✦ 제가 사람들과 잘 어울립니다. 시청 공무원뿐만 아니라 부산대 경영대학원 MBA, 한국해양대 동명대 부산외대의 AMP, 국제신문

아카데미, 그리고 부산시와 부산경찰청에서 위원회 활동을 하며 맺은 네트워크가 많죠. 요즘은 부산상공회의소의 글로벌경제인과정, 부산경제조찬포럼 등에서도 많이 배우고 교류하고 있습니다. 지인들과 주고받는 좋은 에너지는 늘 크나큰 힘이 됩니다.

대개 지인이 많을수록 관계 밀도는 옅어진다. 명함을 수천 장 뿌려도 허전한 이유다. 그래서 인맥이 효과 있으려면 단순히 알고 지냄을 넘어 욕구가 상호 충족되어야 한다. 사회적 자본(Social Capital)의 개념을 만들어 낸 미국 하버드대학의 로버트 퍼트남(R. Putnam) 교수는 관계에는 신뢰와 애정이 확인되어야 한다고 했다. 오용환 사장은 '마당발'이라 들을 정도로 지인이 많았는데, 어떤 때는 집으로 초대해 교류의 깊이를 더했다. 3, 4년 사이에 일약 번창하는 이유가 있었다.

아내도 늘 함께하셨다고요?

✦ 대학 강의를 하던 아내는 잠시 쉬면서 함께했습니다. 그래서 저희는 공동 대표입니다. 전국을 다섯 번, 이 잡듯이 다닐 때 제 아내인 김양희 대표가 운전을 담당했습니다. 제가 차 안에서 통화

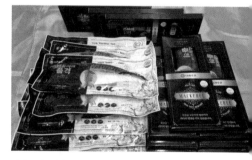

나라수산 김양희 공동 대표가 직접 디자인해 상표명 특허를 받은 '고등어의 품격' 시리즈

하거나 마케팅 전략을 짤 수 있도록 배려한 겁니다. 아내는 이해심이 많고 지혜로워 제게 늘 힘과 용기를 주는 고마운 사람입니다.

현재 작업자들이 한마음으로 똘똘 뭉치도록 하는 일을 도맡고 있는 김양희 대표는 모든 포장물과 박스도 직접 디자인했다. 전문가 수준이다. 그녀는 남편이 사업을 생각할 때 "하지 말라." 대신 "제대로 해라."라고 말했다고 한다. 그녀에게 오용환 대표의 장점을 말해 보라고 하니, 열정 결단력 낙천성 긍정성 건강 순발력 추진력 등 쉴 새 없이 쏟아냈다. 요즘 말로 두 사람은 '케미 100%'였다.

(김양희 대표에게) 인생이모작을 준비 중인 독자들이 오용환 대표에게서 배울 수 있는 또 다른 알맹이가 있을까요?

✦ '내 가족이 안심하고 먹을 수 있는 고등어'를 목표로 품질을 우선하는 모습이었습니다. 창업 단계에서부터 해썹(HACCP) 인증을 받는 등 책임 의식이 확고했어요. 제가 '고등어의 품격'이란 상표명을 붙였는데 세척과 간을 하는 방식을 고객이 신뢰할 수 있게 하는 등 기업인으로서 자세가 최고였어요. 또한 저는 오 대표의 집요함을 존경합니다. 거의 모든 시간 모색하고 연구하더군요. 타고난 친화력이 영업력으로 이어지는 모습은, 그렇지 못한 저로서는 신기하기도 합니다. 무엇보다도 즐기는 자를 따라갈 수 없다는 말을 실감하고 있기도 합니다.

'현실에 안주하면 미래가 없다. 남과 같이해서는 남 이상 될 수 없다'. 오용환 대표의 좌우명이다. 그는 안정적인 직장에서 화초처럼 지내다가 비바람 치는 초원에 내팽개쳐졌다. 그러나 몇 번의 도전 끝에 이제 자기 일을 잡았다. 자기 자본을 극대화하는 데 성공했다. 그에게서 자기 자본이란 사회경제학자 루이지노 브루니(L. Bruni)가 말한 관계재(Relational Goods), 즉 가족애 우정 동료애 등이다. 재미있는 것은 그가 이 관계재를 양질의 경제재로 환원할 수 있도록 잘 구조화시켰다는 점이다. 이런 인물 유형은 재화와 함께 인생 행복을 동시에 거머쥐니 김장철 배추같이 알차다.

✳

오용환의 인생 팁

늦은 나이란 없다.
목표를 잡고 야생마처럼 헤쳐 나가라.

해썹(HACCP)

식품의 안전성을 보증하기 위해 원재료 생산, 제조, 가공, 보존, 유통을 거쳐 소비자가 최종적으로 섭취하기 직전까지 각 단계의 모든 위해 요소를 체계적으로 관리하는 과학적인 위생 관리 체계를 말한다.

한국은 2006년부터 어육가공품의 어묵류, 냉동수산식품의 어류·연체류·조미가공품 등 3종, 냉동식품 중 피자류·만두류·면류 등 3종, 빙과류, 비가열음료, 레토르트식품, 배추김치(배추김치는 2008년 12월 1일부터 적용) 등 7개 품목군을 의무 적용 대상으로 지정하되, 현재는 전년도 총매출액 100억 원 이상인 곳으로 한정했다.

월급쟁이의 비애에서 벗어나 미래 30년을 준비하다

포도농원 은기원 서병희 대표

✴

최선을 다해야 하는 것은 당연하다. 특히 인생일모작 때 직장 일에 전력을 다하는 것은 모든 가치를 압도한다. 하지만 땀의 결과가 자신의 꿈과 마찰을 일으킬 때가 올 수 있다. 아웃풋이 인풋을 외면하고 성취감은 기대조차 못 하는 상황이다. 이때 살아남는 자는 인생이모작에서도 영원한 현역이 될 수 있다. 좋은 사례가 있다고 하여 방문한 곳은 한 포도농원이다.

여기는 어디인가요?

✦ 김해 대동면 주동리이고요. '은기원'이란 포도농원입니다.

어느 정도 규모인가요? 무엇이 특별한가요?

✦ 대략 5,600m²(1,700평) 규모의 비닐하우스입니다. 저는 이곳에서 플레임 시들리스와 같은 씨 없는 유럽 포도 30여 종을 재배하며 현지 직판하고 있습니다.

현재 만 57세인 서병희 대표. 그는 대기업에 사표를 던지고 51세인 2016년에 아이들 이름을 따와 이곳에 '은기원'이란 농장을 설립했다. 애초 450여 그루를 심고 시작했으나 많은 우여곡절을 넘어 올해 비로소 대기업 연봉만큼 소득을 올렸고, 몇 년 후에는 3억 원 이상도 가능할 것 같단다. 그를 따라다녀 본 비닐하우스에는 겨울에도 형형색색 아름다운 포도나무 잎이 화려했다.

서병희 대표가 은기원 포도 재배법으로 키운 포도나무의 잎을 보며 웃고 있다.

어떻게 사업을 시작하셨나요?

✦ 저는 부산대 정밀기계학과를 졸업하고 1990년에 LG그룹에 입사했습니다. 문제는 1997년에 맞은 IMF 경제위기였는데 이 때문에 저는 계열사와 분사 회사를 옮겨 다니는 상황이 되더군요. 남들에겐 부러웠을지 모르겠지만, 저는 제가 주인이 된 일을 하고 싶다는 생각이 많이 들더군요.

무슨 뜻인가요?

✦ 저는 일밖에 몰랐습니다. 새벽 5시에 일어나 출근해 밤 9시, 10시에 퇴근하는 사람이었습니다. 능력을 인정받아 관리자 레벨까지 빠르게 직행했었죠. 하지만 제 회사가 더 큰 회사에 합병되는 상황 등을 경험하면서 월급쟁이의 비애를 느꼈어요.

열심히 했던 만큼 일의 의미에 대해 고민했던 것 같다. 인생일모작 때 흔히 있을 수 있는 이런 고민은 직장 생활의 위기를 초래할 수 있다. 하지만 사람에 따라 인생의 기회를 붙잡는 계기가 되기도 한다. 어쨌든 그는 그때 유한한 시간 자원을 온전히 자신의 일에 투여하고 싶다는 생각 나무를 키웠던 것 같다. 그럼 포도나무 이야기를 들어보자.

그래서 이 포도농원을 시작하셨나요?

✦ 직장 생활 중 해외 출장을 가면 유럽의 씨 없는 포도를 먹곤 했죠. 1999년쯤에 점점 호기심이 많아졌는데 국내는 물론 일본에도 정보가 없더군요. 어쩔 수 없이 영어권 논문을 읽기 시작했고, 2013년도에는 미국 양조포도학회에도 가입했죠. 그러다가 2016년에 회사에 사표를 던져 버렸습니다. 51세였어요. 마침 김해 에코델타 지역에 있던 아버지 논이 정부에 수용되면서 돈이 좀 생겼고, 저의 퇴직금을 보태 이곳에 땅을 매입하고 유럽종 포도나무를 심었습니다.

대기업에서 촉망받던 직장인이 그렇게 덜컥 농사일을 하셨다고요?
✦ 덜컥이 아닙니다. 고심 끝에 내린 결단이었습니다. 트렌드를 읽었고, 씨 없는 포도를 찾는 시절이 분명히 온다고 판단했습니다. 그리고 저의 집중력과 제가 연구한 기술력을 신뢰했죠.

어떤 연구를 하셨다는 건가요?
✦ 저는 지금까지 포도에 관한 영어 논문을 3,000여 편을 읽어냈습니다. 그중 1,000여 편 정도는 전문을 번역했죠. 손가락이 아파서 키보드를 칠 수 없는 상태가 아니라면, 밤낮없이 번역하고 정리하고 틀을 잡고 논리를 세우고 이를 바탕으로 죽자고 시험 및 실험 재배를 반복했습니다. 사표 던질 때 잠시 망설였지만, 월급쟁이는 지긋지긋했고요. '남은 인생 30년 동안 내가 가장 잘할 수 있고, 가

장 경쟁력이 있는 것이 무엇인가.'를 기준으로 결단했어요. 포도에 미쳐있었고, 어느 시점 생각을 현실화할 수 있다는 자신감이 들더군요. 그래서 던진 거죠.

그래도 포도 재배는 전문 영역과는 너무 다르지 않았나요?

✦ 그럴 수 있죠. 하지만 농장을 둘러보시면 알 겁니다. 저의 재배법에는 수학 물리학 화학 등 기계공학적 특성이 다 들어있습니다. 낯선 영역이 아니죠. '은기원 포도 재배법'이랄까, 많은 논문을 읽고 실험하며 저만의 과학적 재배법을 창안했습니다.

은기원 포도 재배법요?

✦ 우리 농원에는 넓은 곳에 일꾼이 한 명도 없습니다. 포도 재배는 순치기 덩굴손 따기 봉지 씌우기 등 손질이 많이 필요합니다. 하지만 저는 수세(나무 자람세) 수분 등을 제어하는 기술을 개발했고, 이를 통해 나무 자체가 성장을 조절하도록 유도하는 신재배법을 개발했습니다.

직접 연구·개발한 유럽종 무핵포도 재배 기술을 강의하고 있는 서병희 대표

인터뷰 도중 실제 다녀본 비닐하우스 포도 농장은 무언가 달랐다. 작동될 수 있는 다양한 장치가 있었다. 그는 또 다른 스마트 포도팜을 만든 것이 아닌가 싶었다.

더 설명해 주세요.

✦ 저는 포도의 품질과 당도가 최적기가 되는 미래 날짜를 정하고서 그로부터 일주일, 이 주일, 한 달, 두 달 전부터 나무의 수분, 시비를 통해 세력을 조절하죠. 이 지역은 낙동강을 낀 염분이 많은 지역이라 포도원에 여름과 겨울 각각 다른 관수법을 사용합니다. 퇴비 중심의 경북 등 다른 지역과는 다릅니다. 또 시기에 따라 다른 재배법을 통해 나무, 잎, 과일 등의 성장을 각각 억제하거나 강화시켜 결정적으로 최적의 맛을 만들어 내는 거죠. 식물의 대부분을 구성하는 탄소를 완벽하게 조절합니다. 이 재배법으로 연간 수천만 원의 인건비가 절약되죠. 매출액이 순이윤으로 남는 시스템을 만든 것입니다.

난관도 많았겠군요.

✦ 이 지역이 저지대여서 비가 올 때면 논에 물이 심하게 많이 차더군요. 그대로 두면 건조한 조건에서 생장시켜야 할 나무를 저수지에서 키우는 식이 되겠더군요. 이미 엄청나게 투자를 많이 한 뒤 알게 되었기에 비참했습니다. 그러나 현실을 뚫고 나가야 했고, 벼

랑 끝에 선 심정으로 하우스 구조와 주변 환경을 개선했습니다. 결국 이렇게 성공했죠.

서병희 대표가 저술한 책과 자료집

앞으로 계획은요?

✦ 당분간 저의 기술과 경험을 전파하고 싶습니다. 정부 기관, 특작과학원, 시도 농업기술센터 등에 기술을 무상으로 제공하고 있습니다. 2018년부터는 경북 마이스트 대학 등에서 강의를 많이 하고 있으며, 「유럽종 무핵포도 재배기술」을 출간했고 10여 권 자료집도 발간했습니다. 2021년부터는 '유럽종 탐구회'란 동호회를 만들어 운영하고 있습니다.

인생이모작을 준비하는 이에게 한마디 해달라는 주문에 서병희는 "먼저 다시 남은 30년을 위해 무엇을 최고 가치로 삼을 것인가, 얼마나 시간을 아끼고 투자할 것인가를 고민해야 한다."라고 했다. 그러고는 "어리석을 만치 근면해야 합니다."라고도 했다. 전문 학자도 아닌 이가 생경한 영어 논문 3,000여 편을 읽으며 시험 재배를 반복해 온 내공이다. 그는 인생일모작의 자산도 허투루 버리지 않왔다. LG에 다닐 때 학습한 영어 능력, 조그만 성과 하나를 위해서라도 엄청난 노력을 해야 한다는 명제, 세상일 혼자서 이룰 수 없다는 깨달음을 가지고 달려 왔다. 인생 하수들이 경험을 우연의 사건으로 기억하고 말 때 서병희는 움켜쥘 수 있는 교훈을 축적하고 한 걸음 더 내디뎠다.

서병희의 인생 팁

자신이 가장 잘할 수 있는 것에
혼신의 힘을 다하라.

유럽식종 포도

포도는 미국종 포도와 유럽종 포도로 나뉜다. 캠벨 얼리 (Campbell Early), 머루포도, 샤인머스캣(Shine Muscat) 등 미국종 포도는 미국 동부가 원산지로 강수량이 많은 지역에서 재배된다. 플레임 시들리스(Flame Seedless), 블랙 사파이어(Sweet Sapphire) 등 유럽종 포도는 연 강수량 250㎜ 정도의 중동, 미국 캘리포니아, 호주 내륙 사막지에서 재배된다.

소비자 트렌드는 전 세계적으로 씨 없고, 과일 같고, 단단한 특성을 지니는 포도를 선호하는 방향으로 변화되고 있다. 기후 여건상 이들 품종을 우리나라에서 재배하기는 매우 어렵다. 이대로 가다가는 수입산이 식탁을 덮을 것이라 정부의 더 많은 관심이 요구된다.

27년 차 삼성맨, 귀농 후
드론 방제 등 만능 활약맨이 되다

산서항공방제영농조합 육맹수 대표

귀농·귀촌은 은퇴자들이 생각해보는 인생의 한 방향이다. 농림축산식품부에 따르면 귀농·귀촌 가구가 2021년에 37만 8,000여 가구에 달했다고 한다. 이러다 보니 정부는 귀농·귀촌 지원금에 보태어 귀농에 필요한 교육 기회도 제공해 준다. 관건은 성공적인 귀농·귀촌인데, 어쨌든 당사자가 단단한 준비 없이 임했다간 큰코다친다. 이번에 성공적으로 귀농·귀촌을 한 사례를 찾았는데, 바로 산서항공방제영농조합 육맹수 대표다. 그를 만나보았다.

여기는 어디인가요? 귀농하신 지는 몇 년 되셨나요?

육맹수 대표가 산서들판에서 영농조합 공동 조합원과 항공 방재 드론을 날리는 시범을 보이고 있다. 왼쪽부터 한승현 육맹수 윤인섭 권병혁

✦ 여기는 전북 장수군 산서면입니다. 저는 1961년생인데, 귀촌한 지는 7년이 조금 넘었네요.

적지 않은 세월이군요. 어떠신가요?

✦ 저는 여기서 출생했기 때문에 주민들과 어울리는 일은 문제가 없어요. 단지 농사일에 저 스스로 잘 적응하는가의 문제만 있을 뿐입니다. 지금까지는 무난합니다.

귀농·귀촌은 편의상 몇 가지 유형으로 나뉜다. 농촌에서 태어나

도시 생활 후 연고지로 돌아간 U형, 농촌에서 태어나 도시 생활 후 비연고지로 간 J형, 도시에서 태어나 연고지로 간 I형, 도시에서 태어나 비연고지로 간 I^2형이다. 귀농자의 경우 U형이 압도적으로 많으나 귀촌자는 I^2형이 제일 많다. 귀농·귀촌으로 묶여서 이야기되는 일이 많지만, 사실 귀농과 귀촌은 뚜렷이 구분된다. 육 대표는 U형 귀농자이기에 무난히 정착했다.

어떤 농사 일을 하시나요?

✦ 저는 개인적으로는 버섯 재배를 하고 있습니다. 하지만 동네 사람들과 항공방제영농조합을 결성하여 운영하는 일을 소개하고 싶습니다. 우리 산서 지역에는 300만 평 정도의 논이 있는데 우리 조합이 마을 전답에 일 년에 4차례 정도 드론을 날려서 방제 작업을 하고 있죠.

어떻게 이 일을 하시게 되었나요?

✦ 벼농사는 벼를 병충해로부터 보호하는 일이 중요합니다. 그래서 장수농협에서 방제를 목적으로 무인 헬기를 사용했었어요. 그런데 그것이 우리 마을과는 잘 맞지 않았어요. 무인 헬기가 한번 뜨면 헬기 바람이 너무 심해서 훼손되는 벼가 너무 많아지더군요. 농가의 불만이 많았어요. 저는 그것을 드론으로 대체해야겠다고 생각했고, 뜻이 맞는 주민들과 드론을 활용한 방제에 대해 자격증을 따고

조합을 결성하게 되었어요. 2019년이니 4년 전이군요.

효과는 어떤가요?

✦ 엄청나죠. 예전 같으면 며칠 걸릴 작업을 한 시간이면 끝낼 수 있죠. 벼가 망가지지도 않고요. 방제 효과도 아주 좋지요. 군에서 방제비의 50%를 보조해 줍니다. 농사짓는 사람으로서는 안 할 이유가 없어요.

젊었을 때부터 귀농 준비를 많이 하셨나 봐요.

✦ 저는 26살인 1987년 삼성에 입사하여 27년 차인 2015년에 퇴직했습니다. 27년 회사생활 중 15년은 중국 지역 전문가로 활동했습니다. 보람 있던 시절이었습니다. 삼성어학연수원과 북경어언문화대학에서 중국어를 배우고서 중국 텐진에 있는 삼성전기 주재원으로 발령받아 신나게 일했습니다. 나중에는 삼성의 분사 회사인 ㈜아이엠전자에서 법인장으로도 활동했죠.

인생의 황금기였나요?

✦ (웃음) 해외 근무 수당도 좋아서 일도 하고 골프도 치며 직업인으로서 만족하며 지냈어요. 회사가 고속 성장하여 직원이 8,000명 정도까지 되었어요. 문제는 중국이 경제 성장을 지속하면서 인건비와 물류비가 치솟아 공장을 베트남 필리핀으로 이전하게 되면서부

터였습니다. 2013년도였는데, 이게 문제였어요. 저는 중국 전문가였기에 베트남으로 따라갈 수가 없었죠. 결국 한국 본사로 귀임해야 했습니다. 54세 때였는데, 귀임해 보니 할 일이 없더군요. 저의 용도가 끝나버린 것이었어요.

그는 이렇게 직업인으로서 실전 전문성이 극에 달한 지점에서 역설적으로 퇴직을 고민하는 상황을 맞았다. 결국 배역이 사라져버린 무대에서 무력하게 있기엔 자존심이 용납지 않아 사표를 던졌다고 한다.

그래서 어떻게 하셨어요?

✦ 서울은 답답하더군요. 그래서 2,000만 원 주고 캠핑카를 하나 장만했습니다. 복잡한 생각을 잊고자 전국 일주를 다녔습니다. 그런데 3개월 정도 다니고 있던 때 메르스 전염병이 닥쳐 이마저도 쉽지 않더군요. 다시 서울은 가기 싫었고, 고민하다가 귀촌을 해 버린 것입니다.

귀촌을 먼저 하셨지만, 실제 이것저것 준비를 하신 거죠?

✦ 저는 전라북도 농식품인력개발원에서 농촌 관련 교육을 100여 시간 받은 것이 참 좋았습니다. 해외에서 오래 생활하고 귀국한 터라 한국에 적응하기도 어려웠던 저에게 개발원의 교육은 어려운

농업 용어부터 전문 지식까지 단번에 파악하게 해주더군요.

어떤 교육을 받으셨나요?

✦ 다양한 과목이 있습니다만, 저는 특히 드론 지게차 굴삭기를 배워 지게차 면허증과 굴삭기 자격증을 땄습니다. 그 자격증으로 농협의 벼 수매 일을 맡아 해 주면서 주민들도 사귀고 수입 거처도 마련했었어요. 집을 짓고자 했던 땅에 굴삭기 연습을 정말 많이 했습니다. 또한 뜻 맞는 분들과 드론 조종 자격증을 따서 앞서 말씀드린 조합을 만들어 수입도 늘리고 정착하는 데 도움을 받았죠.

농촌에 안착하기 위해서는 어떻게 하면 될까요?

✦ 사람마다 다를 수 있습니다만, 연고지에 가면 훨씬 쉽죠. 저의 경우 말씀드린 영농 신기술을 익힌 것도 주효했습니다. 정착하고자 하는 농어촌에 필요로 하는 기계 자격증을 취득하기를 권합니다. 저의 경우 정부에서 개설한 교육을 받았기에 비용도 들지 않았지요.

육맹수 대표가 귀촌하여 기르는 타조

한편 마을 발전을 위한 봉사 활동이 매우 중요해요. 저의 경우 마을 이장을 6년째 하고 있고요, 산서면의 주민자치위원(5년 차) 지역 사회보장협의체위원(4년 차) 장학회 이사(1년 차) 그리고 번영회 회원으로서 활동을 해 왔고, 이번에 지역 4대 단체장이라 할 수 있는 산서면 체육회장을 하게 되었습니다. 또한 산서면 34개 마을을 드론으로 사진을 찍어 각 마을과 면사무소에 보내드리기도 했고요, 각종 행사 때 항공 사진을 촬영해 드리기도 하죠. 주민들도 사귀고 행정기관과 안면을 트는 데 도움이 되더군요.

귀농·귀촌을 망설이는 분들에게 한 말씀해 주세요.

✦ 귀촌해 보니 현재의 농업은 과거와는 다르더군요. 저는 이곳에서 요구되는 기술 자격증을 가지고 있으니 수입도 적지 않고 마음도 편합니다. 관건은 아내의 동의입니다. 각 가족의 상황을 감안하여 무리가 없어야 합니다. 저는 평생 종교를 가지지 않았지만, 귀촌 후에는 일요일마다 성당을 반드시 함께 다닌다는 합의를 해주면서 동의를 받아 냈어요.

귀촌은 쉽지 않다. 수십 년을 도시에서 직장 생활한 사람에게 귀농은 더 어렵다. 하지만 따져보면 도시의 삶은 어디 쉽기만 한가? 결국 정확한 자기 판단이 중요하다. 현재의 관성에 따르는 것이 10년 뒤에도 적절할 것인지의 판단. '다시 현역'의 출발점을 찾는 은퇴자는 이 판단에서 미래를 설계해야 한다. 육맹수는 살아온 과거에 연연하기보다 살아갈 미래를 먼저 생각했다. 그리고 고향에 필요한 농기술을 부지런히 습득했고 마을 전체 발전을 위한 활동에 소홀함이 없었다. 젊은 시절 글로벌 무대에서 살아온 기업인이 귀농·귀촌을 통해 고향 발전을 일으키는 전형을 보여주고 있다.

육맹수의 인생 팁

귀농 · 귀촌 전에 차별화된
나만의 농업 기술을 익혀라.

귀농·귀촌

성공적인 귀농·귀촌을 위해서는 정부 기관의 교육을 받는 것
이 중요하다. 귀촌 지역에서 요구되는 교육, 선택하는 작목에
대한 교육 등을 충분히 받고서 시작해야 시행착오가 없다.

경상남도에는 경상남도 귀농·귀촌 플랫폼 (www.gyeongnam.
go.kr/gnreturn/index.es?sid=a1)이 있다. 중앙 정부의 귀농·귀촌
종합센터(www.returnfarm.com)에는 교육 외에도 방대한 정
보가 있으며 1899-9097로 전화하면 전화 상담도 가능하다.
농림수산식품교육문화정보원에서 운영하는 농업교육포털
(www.agriedu.net)에도 많은 정보가 있다.

36년 철강맨의 노후 담금, 1,000평 농장주가 되다

우와또와체험농장 신동섭 대표

귀농·귀촌에는 다양한 유형이 있다. 귀농자의 70% 이상이 벼 채소 농사를 한다는데, 도시에서 늘 세상 변화와 함께 호흡해 온 사람들이 온몸으로만 감당하는 농사를 짓는 것은 맞지 않다. 결국 농업 내에서도 어떤 분야를 택할 것인지, 어떤 기술을 활용할 것인지가 귀농의 핵심이다. 이번에는 '체험 농장'이라는 트렌드를 만들어 가는 이를 방문했다. 그는 유네스코 세계문화유산으로 지정받은 경주 양동마을에서 형산강을 따라 차로 7분 거리에 있는 우와또와체험 농장의 신동섭 대표다.

신동섭 대표가 하우스에서 수확한 포도를 들고 웃고 있다.

여기는 어떤 곳인가요?

✦ 여기는 우와또와체험농장입니다. 농촌진흥청으로부터 농촌 체험 학습 프로그램을 운영하도록 인증받았고 또 경주교육지원청으로부터 경주 진로 체험처로도 선정된 농촌 교육 농장입니다. 유치원 아이들의 생태 체험 교육장, 청소년들의 진로 체험 교육장으로 운영 중이죠. 코로나 공포로부터 해방되고 날씨도 좋아지니 요즘은 젊은 부부들도 아이들을 데리고 많이 옵니다.

어떤 시설과 콘텐츠를 갖추고 계신가요?

✦ 샤인머스캣, 베니바라드 등 포도의 성장 과정을 보여주는 500평 규모의 비닐하우스가 있고요, 프리저브드꽃염색 체험을 하거나 양말 목공예 체험, 큰징거미 새우 낚시 체험이 가능한 실내 교육장도 있습니다. 피자를 구워 먹고 노래도 부르고 연극도 할 수 있는 간단한 무대도 갖추고 있습니다.

안내를 받으며 다녀 보니 우와또와는 250평의 잔디정원을 중간에 두고서 배치된 연동형 5개 비닐하우스, 1개의 단동 비닐하우스, 1개의 교육장으로 구성된 총 1,000평의 농장이었다. 코로나가 물러가자 학교로부터 자유학기제나 다양한 야외 학습을 위한 방문이 늘고 있다고 한다. 평생 교육의 사례도 되고 있어 얼마 전 포항시 평생교육지도자협의회 70명의 간부들도 이곳에 와서 이사회 행사를 했다. 이 추세라면 올해만 해도 방문객이 1,000명은 넘을 것 같다.

시작하신 지 몇 년 되셨나요? 젊은 시절 무엇을 하셨고요?

✦ 저는 현재 65세이고 귀농 5년 차입니다. 포스코에 1981년도, 그러니까 23세에 입사하여 현장 조업 부서에서 꼬박 36년이나 근무했었네요. 돌아보니 어마어마한 세월입니다. 포스코는 세계 제일의 철강 회사지요. 최고의 회사에 다니는 자긍심을 갖고 살았던 세월입니다.

평생을 철강 생산 분야에 종사하셨는데 이렇게 농업으로 전향하는 것이 어렵지 않았나요? 어떻게 농촌 체험 교육장을 결심하셨나요?

✦ 우연한 계기가 있었죠. 52세 때였어요. 서울에 출장을 갔었는데, 한 공원에 수십 명의 노인들이 우두커니 앉아 먼 산이나 쳐다보는 장면을 목격했었어요. 동공은 허전하고 얼굴에는 표정이 없더군요. 충격을 받았어요. 그날따라 '나는 저렇게 늙어서는 안 된다.'라는 각오가 생기더군요.

사람은 평범한 일상을 살다가 간혹 뚜렷이 각인되는 어떤 상황에 직면하기도 한다. 그러나 대개 퇴직을 8년 정도 앞두고 있을 때는 퇴직 후 진로를 깊이 생각지 않는다. 그 시점에는 승진이나 승급을 위한 조직의 요구 조건에 쫓기기 때문이다. 하지만 신동섭 대표는 퇴직을 8년을 남겨 두고 그의 미래를 골똘히 생각하는 계기에 부딪혔던 것 같다.

신동섭 대표가 우와또와체험농장을 방문한 학생들을 대상으로 포도의 성장 과정에 대해 설명하고 있다.

농사일을 해보신 적이 있었나요?

✦ 농사일 경험은 없었습니다. 그러나 그 사건을 계기로 고민을 시작했고, 그래서 일단 재직하던 회사에서 운영하는 에코팜이라는 귀농 프로그램에 나가보았어요. 퇴직 6년 전부터였어요. 휴무와 휴일을 활용했죠. 기초 과정이었으나 제게 주어진 남은 50년의 인생을 본격 생각하는 시간으로는 충분했어요. 인생이모작을 준비하시는 분들에 여러 유형이 있으시겠지만 어떤 유형을 택하시든 저는 공부가 기본이라고 생각하죠.

좀 더 자세히 말씀해 주시겠어요?

✦ 은퇴 후 귀농·귀촌은 '나라 안의 이민'과 같습니다. 생소하고 낯설죠. 인생이모작은 매우 전략적이어야 합니다. 실패하면 안 되는 나이죠. 가장 먼저 자신만의 인생이모작의 목표를 정확히 하라고 말씀드리고 싶습니다. 저의 경우 분명했습니다. 늦은 노년에도 몸을 움직여 계속할 수 있는 것을 해야겠다는 방향을 정했죠. 돈보다는 지속 가능성을 택했습니다. 그러니 농업이 선택되더군요. 그다음에는 어떤 농업이냐를 생각해야 했어요. 흔히 어떤 작목을 할 것인가의 문제죠. 저는 이를 정하는 데 2년 정도 보낸 거 같아요. 제게 이 시간은 아주 중요했습니다.

2년 동안 무엇을 어떻게 하셨나요?

✦ 그냥 막연한 생각에 생각을 보태는 시간은 의미 없습니다. 저는 직접 농사를 짓고 싶지는 않았고, 학습과 고심 끝에 도시 사람들을 대상으로 한 체험 농장을 하기로 가닥을 잡았습니다. 그리고 가장 먼저 앞선 사례를 직접 찾아다니며 배웠습니다. 배울 거리가 있는 농장이나 학습장에는 1~2년간 다니며 일도 해주면서 배웠죠. 제겐 살아있는 학습 시간이었습니다. 어떤 분야든 이모작을 준비하는 기간은 충분히 가져야 합니다. 성공이나 실패 사례를 꼼꼼히 챙기며 성실하게 임해야 합니다. 우리나라에는 귀농·귀촌 분야에 좋은 문화가 있는데요. 정부에서 하는 무료 강좌도 도움 되죠. 그리고 귀농·귀촌 분야에서 앞서 성공한 사람들이 선의로 도와주는 문화가 있어요. 저는 전북 김제시에 있는 로컬랜드 이대훈 대표에게서 많이 배웠고, 김해 포도농원 은기원의 서병희 대표, 김천 행복한농원의 조우형 대표와 같은 탁월한 분들에게서도 배웠어요.

공부하며 적용하고 또 공부하는 습관 말씀이군요.

✦ 네. 아무리 강조해도 모자랍니다. 저는 평생 강철 생산 일에 종사해 왔는데, 물과 흙 그리고 식물을 취급하려니 처음엔 너무 막막했죠. 그래서 경북농민사관학교에서 6차 산업, 경관 농업, 과실을 이용한 디저트 등도 공부했죠. 한 과목당 1년에 100시간짜리 과정입니다. 정부에서 지원해 주니 과목당 20만~60만 원 수업료를 내면 되는데요, 이론과 현장 견학이 함께 있는 유익한 프로그램입니

다. 또 지자체가 운영하는 농업대학도 있습니다. 경주시의 아열대 과정, 창업활성화과정이 유익했고, 영천시의 와인양조과정, 포항시의 귀농·귀촌반 사과기초반도 다녔고요. 그동안 저는 30여 개 과정을, 아내는 10여 개 과정을 수료했습니다. 결국 우리 가족은 총 4,000여 시간을 공부했어요. 지금도 곤충전문가과정과 발효식초제조상품화과정을 다니고 있습니다.

그동안 적지 않은 귀농·귀촌자를 만나보았지만 이렇게 공부를 많이 한 사례는 없었다. 철강 회사 종사자답게 자신을 상대로 담금질과 벼름질을 해 왔던 것 같다. 근면한 사람이다. 하긴 근면성은 '현재를 즐겨라(Carpe Diem)'라고 외쳤던 고대 로마의 시인 퀸투스 호라티우스(F. Q. Horatius)도 강조했던 덕목이 아닌가.

현재 인생이모작 5년 차인데, 스스로 점수를 매기면 몇 점일까요?
✦ 100점 만점에 200점입니다. 만족스럽습니다. 5억 원 정도를 투자하고 설립했을 때 코로나19가 왔지만 흔들리지 않고 공부하며 시설 기반을 더 닦았습니다. 또 비교적 일찍 시작했기에 서둘지 않고 준비를 많이 했습니다. 그러니 장애물이 있어도 극복할 시간이 있었죠. 또 아내 김연희 부대표와 의견이 잘 맞습니다. 그러니 농장의 프로그램 운영도 늘 쾌적합니다. 인생이모작은 '가족 만족'이 중요합니다. 저는 이 목표를 늘 점검하고 있죠.

그 외 성공적인 요인은 무엇일까요?

✦ 동아리 활동입니다. 36년 치열하게 직장 생활 했지만, 이젠 선배 동료들 다 퇴직했고 친하던 후배들도 퇴직했어요. 과거의 밀접했던 인간관계도 계속할 수 없어요. 저는 농업 분야를 공부하면서 알게 된 분들과 함께 만든 커뮤니티에 즐겁게 참여합니다. 멘토가 되기도 하고 멘티가 되기도 하죠. 저는 짬짬이 기타와 하모니카도 연주하면서 동아리도 열심히 했습니다. 인생이모작 땐 일거리와 더불어 건강, 취미, 동아리, 부부 관계, 자식들과의 관계에서 삶의 질이 결정나죠. 이 중에서 어느 것 하나라도 터져 버리면 비틀거리게 됩니다.

배운 만큼 세상이 보인다고 말하는 신동섭에게서 받을 수 있는 인생 힌트는 무엇일까? 무엇보다 인생이모작의 방향을 잘 설정한 것이 아닌가 싶다. 그는 30년 뒤에도 지속 가능한 일을 중시했다. 이른바 재테크보다는 일테크다. 『프리에이전트의 시대』 저자 다니엘 핑크(D. Pink)는 "19세기의 사람들은 쓰러질 때까지 일했다. 20세기의 사람들은 은퇴할 때까지 일했다. 21세기의 사람들은 새로운, 그러나 아직 이름이 붙여지지 않는 인생의 단계에 접어들 때까지 일할 것이다."라고 했다. '100세 현역'으로 가는 열차에 올라탄 신동섭은 분명 핑크가 두고두고 이야기할 사람이다.

신동섭의 인생 팁

오래 지속할 수 있는 일을 택해
학습과 실행을 반복하라.

쉬려 귀농했다 만난 작물 '흑노호'…
항노화 기업 꿈 키워요

연제농원 최용학 대표

귀농·귀촌에는 여러 유형이 있다. 그런데 차별화된 특용 작물을 잘 재배한다면 차이나는 클라스가 될 수 있다. 실제 귀농에 실패하는 많은 케이스는 남들 다 하는 작물을 하다가 가격 폭락에 대응하지 못하기 때문이다. 이번에는 생소한 작물을 재배하여 한 번 더 현역으로 진군하는 이가 있다고 하여 경남 합천을 방문했다.

여기는 어떤 곳인가요?

✦ 경남 합천군 용주면 황계리의 흑노호 전문 농장입니다. 농장 전체는 800평인데, 특히 흑노호는 하우스와 일반 밭을 합하여 300평

정도 규모로 가꾸고 있습니다. 다 자란 성목이 600주 정도이고요,
종묘가 1,000주입니다.

최용학 대표가 합천군 농산물가공센터에 있는 초고속진공저온추출농축기를 활용하여 흑노호
액상차를 제조하고 있다.

흑노호가 뭔가요? 좀 생소합니다.

✦ 네 그러실 겁니다. 흑노호는 중국이 원산지이고 거의 알려지지
않았습니다. 열매 줄기 뿌리 등 모두를 식용이나 의약용품으로 활
용할 수 있는 희귀종이죠. 어떤 화장품 회사에서 피부 미백용 특허
실용 출원을 한 적도 있습니다. 올해에는 성분 분석을 통해 미용 효
과를 확인하는 부산대 박사 논문도 나왔습니다. 또한 부산대 원예
생명과학과 교수진들이 효율적인 종자 발아에 대한 논문도 발표하

더군요. 흑노호는 탱탱한 피부를 가꾸는 데 최고입니다.

 이번에 찾은 이는 합천군 용주에서 연제농원을 운영하는 최용학 대표다. 귀농 7년 차 69세인 그는 인상이 참 좋게 보였다. 농장에서 흑노호 액상차를 유통 판매해 줄 전문가와 미팅을 마친 그와 대화를 시작했다.

 흑노호를 어떻게 하여 작목하게 된 건가요?

 ✦ 저는 1954년생인데, 퇴직 후 전국을 여행하던 중 이곳에 정착했습니다. 2016년도였죠. 줄곧 부산 등 해양 지역에서 살았던 저에게는 이 산골이 좋았어요. 고단한 삶에 선물이라 생각했죠. 처음엔 친구들 불러 닭백숙 먹으며 즐겼는데 결국 심심해져서 합천군에서 운영하는 새합천미래농업대학에 등록했습니다. 일종의 귀농 아카데미입니다. 아내와 함께 2년 동안 공부했죠. 이론 교육과 더불어 현장 실습, 토론 등을 아주 체계화하여 운영하더군요. 그러다가 우연히 흑노호를 알게 되었고 바로 매료되어 버렸어요.

연제농원에서 흑노호를 가공하여 만든 액상차

 어떻게 매료되었다는 건가요?

✦ 귀농할 때는 작목 선택이 중요합니다. 대충해도 돈이 보장되는 작목은 없습니다. 귀농하는 사람들이 주변으로부터 추천받는 작물은 대부분 시장 경쟁력이 없다고 봐도 됩니다. 정확히 확인하기 힘든 정보들에 휩쓸리면 돈은 돈대로 날리죠. 그래서 보유자원, 입지, 해당 작물의 수공급, 유통 판로에 대해 종합적으로 판단하면서 정해야 해요. 저는 흑노호가 높은 가치성에 비해 인식 수준이 낮은지라 언젠가는 대단한 수익창출원이 될 거라고 판단했고, 제가 선점해야겠다고 결단했죠.

그는 캐시 카우 품목을 찾던 중 우연히 흑노호를 잡았다. 캐시 카우(Cash Cow)란 '돈을 벌어다 주는 젖소'를 말한다. 즉 투자하여 일정하게 구조화하고 나면 현금 수입이 계속 보장되는 상품이다. 보스턴 컨설팅 그룹(BCG)이 이론화한 사업의 4단계 중 하나다. 예를 들어 사업은 퀘스천마크 단계(앞으로 어떻게 될지 모르는 사업)에서 스타 단계(지속적으로 성장하는 사업)로 성장하다가 모든 사업가들이 원하듯 규모의 경제를 활용하는 캐시 카우 단계로 간다.

그런데 사업 시작 때는 스타 단계까지 키우는 것도 매우 힘들죠.
✦ 당연하죠. 공부를 많이 했죠. 농업의 '농' 자도 모르던 사람이었거든요. 그중에서 합천군 미래농업대학은 많은 도움이 되었습니다. 그러나 흑노호에 대해서는 저 스스로 중국 문헌을 다 뒤져야 했습

니다. 직사광선보다는 흐린 빛을 좋아하고 병충해에 강하다는 것. 하우스 재배를 하면 일 년에 두 번 수확을 할 수 있다는 것. 중성이나 약산성 토양이 좋다는 것과 비료 방법도 알게 되었죠. 지금도 공부와 실험을 반복하고 있습니다. 그런데 그것으로는 부족하더군요.

부족해요?

✦ 네. 생장법에 대한 제 연구도 중요하지만, 시장을 개척하기 위해서는 공식화된 증거가 중요했어요. 그래서 여차저차하여 동명대학교 식품영양학과로부터 지원을 받았습니다. 여러 교수님이 1년여 연구 분석한 끝에 작년에 드디어 특허청으로부터 특허를 받는 데 성공했죠. 관절염 류마티스 심혈관 여성들의 피부 미용에 탁월한 효과가 있는 흑노호를 액상차로 만드는 제조 방법을 공식화한 것이죠.

오호 축하합니다. 젊은 시절의 직업이 긍정적으로 기여했나요?

✦ 저는 대우조선에서 특수 용접 훈련 교사로 사회생활을 시작했습니다. '안 되면 되게 하라.'가 저의 인생 좌우명이었어요. 젊은 시절 잘 나갈 때는 765kW 강관 철탑 회사를 세워 직접 경영도 했죠. 연 100억 원 매출을 올리는 회사로 키웠어요. 그런데 그게 국책 사업에 연결된 기업이었기에 1997년 국가 외환 위기를 맞으며 싹 망해 버렸어요. 그 뒤 PCM 보일러 회사를 설립했고, 인생사 쓴맛도

보고 재미도 보기도 하면서 육십 평생을 질주해 왔어요. 한 번 하면 끝을 보는 근성 하나는 가지고 있죠.

그럼 약초성 식물 재배와 유통·판매는 처음이겠군요. 올해로 흑노호 사업 7년 차인데 회고해 보실 때 어떻게 평가할 수 있나요?

✦ 우연한 기회에 시작한 흑노호는 인생 후반기의 제 삶을 완전히 흔들었어요. 지난 7년은 흑노호를 알아내는 시기였습니다. 최근 친환경 EM(유용미생물군)을 잘못 사용하여 줄기를 말려 버린 적이 있습니다만 이젠 재배에 자신감이 있습니다. 이제는 열매 줄기 뿌리 모든 것을 섭취할 수 있는, 이 약용 식물을 더 알리고자 합니다. 또한 피부 미용에 관심 있는 여성, 그리고 안티에이징을 생각하는 노인들에게 홍보를 강화할 겁니다. 마침 우리는 합천군으로부터 선도 농가로 지정되었고, 흑노호 액상차는 고향사랑기부제의 답례품으로 지정되었습니다. 한 단계씩 오르고 있죠.

합천군은 예비 귀농·귀촌인을 선별해 이미 귀농한 모범 농가를 체험 교육 형태로 방문하여 멘토·멘티를 맺게 한다. 선도 농가가 된 그는 5명의 멘티에게 흑노호 재배법을 전수하고 있다. 또한 합천군은 고향사랑기부제 제도를 운영하면서 기부하는 출향인에게 그의 흑노호 액상차를 답례품으로 보내고 있다.

앞으로는 어떻게 하실 건가요?

✦ 저는 특허까지 내면서 액상차를 개발했는데 이제 홍보와 판매라는 과제에 직면해 있습니다. 과학적인 데이터를 챙기고 전문성을 더 쌓아야겠지만 시범 운영을 마쳤으니 농장을 더 넓히고 홍보 유통에 전력을 다할 것입니다. 합천군에 우리나라 최고의 흑노호 재배 단지를 만들어 미백 화장품, 기능성 음료의 새로운 경지를 열어갈 것입니다.

안티에이징이 대세인 시점에 최용학의 흑노호 선택은 고수의 촉이 발휘된 것이었다. 젊은 시절 그는 매출액 100억을 넘는 회사를 경영해 본 사람이기에 지금 그 시절을 폼 재지는 않지만, 직관력은 여전히 시퍼렇다. 그리고 아직도 밤낮없이 실행하고 연구하여 그만의 가공법을 만든다. 또한 스토리를 만들고 입히고 브랜드화 하려고 한다. 은퇴 후 좀 쉬고 싶어 들어갔다는 합천의 그 골짜기는 곧 분주한 번화가가 될 것 같다.

최용학의 인생 팁
힘들어도 포기하지 말라,
도전하되 자연의 이치에 맞추라.

흑노호(黑老虎)란?

흑노호(Kadsura coccinea)는 오미자과에 속하는 약용작물로 분류되어 있는 관목성 상록수다. 중국 대만 일본에서는 오미자를 대체한 생약제로 많이 사용되고도 있지만 한국에는 상대적으로 덜 알려져 있다. 주로 4~6월에 개화하고, 7~11월에 적색이나 자주색 계통의 열매를 맺는다. 열매는 비타민C, 비타민E 및 아미노산 등이 풍부한 것으로 잘 알려져 있다.

우리나라에 도입 재배되고 있는 흑노호는 중국에서 수입한 종자를 실생 번식으로 번식시키고 있으나 발아율과 입묘율이 낮아서 농가에서 재배 시 많은 어려움을 겪고 있다. 흑노호는 다양한 생리 활성이 잘 알려진 주요한 약용작물이며, 과일의 특이성과 더불어 우리나라의 새로운 소득 작물로 주목을 받을 수 있을 것으로 기대되고 있으나 종자 번식을 이용한 실생 번식이 거의 보고되지 않았다.*

* 제병일 전중석 강점순 최영환, 2023, 'GA3처리와 저온습윤처리에 의한 흑노호 (Kadsura coccinea)의 종자발아 및 유묘생장 촉진', 한국환경과학회, 〈Journal of Environmental Science International〉.

회장 · 도의원 · 교수였던 남자,
이젠 독보적 '모델가수'로

전국구 모델가수 박태희

모델가수. 직업명이 생소했다. 하지만 생각해 보니 딱히 이상할 것도 없었다. 모든 것이 융복합되는 시대 아닌가. 모델과 가수 두 활동을 동시에 한다고 이상할 것 없다. 그런데 전직이 경남도의원이었고, 정치학 박사로서 대학에서 강의도 했다는 정보를 듣고 들을 만한 이야기가 많은 분이란 생각이 들었다. 마침 그가 2023년 6월 18일 큰 행사를 주관한다기에 밀양 아리랑 아트센터로 갔다.

오늘 어떤 행사인가요?

✦ 제2회 모델가수 박태희 노래경연 대회입니다. 올해 밀양 방문

의 해를 맞아 저의 고향인 밀양에서 개최하게 되었습니다. ㈔한국
연예예술인총연합회 부산광역시지회, ㈔한국대중음악인연합회가
후원하는 행사로 저의 이름을 내건 경연 대회입니다. 전국에서 예
심을 거쳐 뽑힌 27명이 오늘 본선에서 실력을 겨루었습니다.

박태희 모델가수(가운데 빨간 넥타이)가 제2회 모델가수 박태희 경연 대회를 마치고 대회에 참
가한 가수들과 함께 무대에서 그의 노래 「바래길」을 합창하고 있다.

이 행사는 어떤 의미가 있나요?

✦ 아마 전국 최초일 겁니다. 비록 무명 가수이지만 저의 노래를
가지고 개최한 경연 대회입니다. 이 자리에 박일호 밀양시장, 함종
한 전 한국스카우트연맹 총재, 고영진 전 경상남도 교육감 등 500
여 명의 내외빈, 관객들이 자리를 함께해 주셨습니다. 코로나 이후
실의에 빠진 분들이 너무 많습니다. 이 행사가 도전 정신과 희망의

나래로 자리매김되고 있어 기쁩니다.

들고 보니 정말 신기했다. 전국적으로 지자체가 주최하는 유명한 가요제가 더러 있다. 남인수가요제, 난영가요제, 고복수가요제 등이다. 그런데 자신의 이름을 내건 무명 가수의 가요제는 못 들어봤다. 더구나 이렇게 많은 대중이 모여들다니. 어떤 사연이 있기에 발상 전환이 이토록 신통할까 싶었다.

박태희 모델가수가 경남도의원으로 활약
하던 시절 도지사에게 도정에 대해 질의를
하는 장면

지금과는 완전 다른 경력을 가진 것으로 압니다.

✦ 저는 일찍부터 건설업을 했습니다. 1990년대는 지방에서 아파트를 지어 재력을 좀 비축할 수 있었습니다. 그래서 40대 초반이던 1998년에는 김해 양산 창녕 밀양 지역을 대표하는 경남도 교육위원이 되었죠. 2002년에는 경남도 도의원으로 맹활약했습니다. 그 시절 밀양교육청 이전 문제와 밀양을 옥수수 메카 지역으로 만들고 싶은 열망으로 뛰어다녔죠.

그러면 건설업을 기반으로 한 지역 정치인이셨군요.

✦ 그렇습니다. 그런데 전도양양하던 제 인생에 시련이 왔습니다. 2006년 지자체 단체장 선거 때 석패를 한 것이었습니다. 그 선거는 도저히 질 수 없던 선거였습니다. 그 당시 주류 당에서 공천을 받았기 때문이었습니다. 그런데 200여 표 차이로 패했죠.

듣기만 해도 아찔하군요.

✦ 엄청난 후폭풍이 오더군요. 재산도 많이 날렸죠. 정신적으로 공황 상태에 빠졌고, 곧 병을 얻었습니다. 자다가도 화가 나 벌떡 일어났고, 심각한 불면증과 울화증에 시달렸습니다. 숨쉬기도 힘드니 온몸에 통증이 왔습니다. 극단적 선택은 이럴 때 하는구나 싶더군요. 온갖 생각이 다 들었습니다.

그래서 어떻게 하셨나요?

✦ 병든 짐승같이, 지옥같이 한동안 그렇게 지냈습니다. 무엇을 할 수 있었겠어요? 그러나 한동안 그렇게 있다가 생각을 정리했습니다. 갇힌 생각을 털어야 한다는 생각. 상황에 노예가 되어 병들어 있지 말자. 나를 바꾸자, 현실을 극복하자는 결단을 했죠.

고통 속에서 그는 어느 날 앨버트 엘리스(A. Ellis)의 메시지를 통찰한 듯했다. 인지 행동 치료법을 창안한 엘리스는 '상황만이 실의에 빠져 있게 하지 않는다. 그 스스로 한몫한다.'라는 진리를 임상을 통해 알아내어 치료심리학의 대가가 된 사람이다. 박태희는 패배의 상황은 타인이 아니라 그 스스로가 만들었다는 자각이 오더라고 했다. 겸손하지 못했고 그래서 스스로 준비가 부족했다는 성찰이었다.

대단하시군요. 그래서 이러한 전환을 일으켰나요?

✦ 부끄럽지만 엄청난 인생 벌금을 물고서 알게 된 교훈입니다. 그래서 다시 시작했습니다. 패배 원인을 분석하여 자서전을 출판했고요. 저의 작은 자아를 확장해야 한다는 결론이었죠. 그 후 저의 눈에 보인 것이 아이들이었기에 2007년부터 한국스카우트 경남 연맹장을 맡았습니다. 대학원에 가서 공부도 하여 2014년에는 정치학 박사가 되었습니다. 국립창원대에서 산학 중점 교수로 활동했고 동서대에서 강의도 했습니다. 지금껏 20여 개 사회단체에 직함을 받아 사회 공헌 활동을 해왔습니다. 다시 일어났죠.

다시 정치인으로 재기를 모색한 것인가요?

✦ 그렇지는 않습니다. 교육위원과 도의원을 할 때는 그 각오가 있었습니다. 그러나 큰 좌절 이후 저를 다시 보게 되고 추구해야 할 인생의 가치를 생각하게 되었어요. 꿈 많던 청소년 시절을 돌아보니 정치만이 꿈이 아니었어요. 가수가 되고 싶었던 제가 떠오르더군요. 그래서 노래를 시작했고, 2015년 드디어 가수로 데뷔했습니다.

50대 후반 늦깎이였지만 희망의 노래를 부르기에는 결코 늦지 않았습니다.

건설사 회장, 도의원, 공직선거 출마와 낙선, 박사 학위 취득, 교수, 시니어 모델, 대중가수…. 그 어느 것 하나도 하기 힘든데 대단하시군요.

✦그렇게 보일 수 있습니다. 그런데 저는 낙선하였고 그래서 저의 지지자들에게 실망을 안겨 드려 너무 죄송했습니다. 좌절하지 않고 열심히 사는 모습을 보여드리고 싶었습니다. 이 열망이 제가 다시 도전하는 촉매제가 되었고 지금 어릴 때 꿈을 찾아서 가수 활동을 하고 있습니다. 주변 사람들이 너무 멋진 삶을 살아가고 있다고 응원해 줄 때 참으로 행복합니다.

엄청난 전환이 일어났군요. 노래 훈련은 따로 하셨나요?

✦그럼요. 지금도 가수 진성 씨를 지도한 김화정 선생에게서 판소리 등 보컬 트레이닝을 받고 있습니다. 4집 앨범까지 발표했고 저의 독특한 이력 때문인지 KBS〈아침마당〉, MBC〈가요베스트〉, KNN〈인물포커스〉, 그리고 라디오 방송에서도 출연 요청이 있습니다.

그러나 하지 않던 일이라 힘든 일도 많지요? 어떻게 극복하세요?

✦도의원과 교수까지 활동한 제가 무명 가수라 무시당할 땐 힘들

죠. 그럴수록 주민 센터 농협 신협 복지관 등에서 하는 전국 노래 교실을 찾아 열정적으로 뛰어다닙니다. 매주 월요일 오후 2시 박태희 TV 유튜브 방송도 진행하고 있습니다. 하지만 솔직히 한계도 많이 느꼈습니다. 멘탈을 강하게 하면서도 전략이 필요했죠. 그래서 생각한 게 모델가수입니다. 노래 전주나 간주가 나올 때 모델처럼 포즈를 취하는 차별화입니다. 또한 작년에 이어 제2회 노래 경연 대회를 열었습니다. 저는 「바래길」「인연이란」「시골장날」「밀양 머슴아」「꿈의 노래」「별」「남편」 등 노래 7곡을 가지고 있습니다. 이 노래를 부르는 신명나는 경연 대회를 구상한 것이죠.

그의 후원회장으로서 활동하는 심산서울병원 김정기 이사장과 함께 포즈를 취한 박태희 모델가수

박태희는 신명을 일으키기 위해 웃음 전문가 1급 자격증도 땄다

고 한다. 이번 대상 수상자 김형호 씨에게는 한국대중음악인연합회의 가수 인증서, 그리고 작곡가 김상명 선생의 노래 한 곡을 상금과 함께 수여했다. 신명나는 스피커 한 명을 더 탄생시킨 것이다.

이를 통해 궁극적으로 무엇을 하고 싶은가요?

✦ 지쳐있는 사람들에게 자신감과 도전 정신을 드리고 싶습니다. 저는 죽고 싶은 아픔과 고통 속에서도 다시 일어섰습니다. 준비하면 언젠가는 기회가 온다는 믿음을 증명해 드리고 싶습니다. 창원에 있는 심산서울병원 김정기 이사장께서 박태희 후원회장으로 물심양면 늘 응원해 주시고, 강원석 시인은 저를 위해 쓴 시(제목 석양)를 보내왔습니다. "나이가 들어도/ 가슴 뭉클한 삶을 살아라// 하늘을 붉게 물들이는 건/ 작열하는 태양이 아니라/ 여물어가는 석양이다." 서로 위하는 이 신명 에너지를 다시 사람들과 공유하고 싶습니다.

박태희 인생이모작의 특징은 무엇일까? 무엇보다 끊임없이 도전하는 인간상을 내재화하고 있다는 것이다. 그는 인생이모작기의 전환기에 크게 넘어졌다. 하지만 넘어져 있지 않고 넘어서 왔다. 지금 돈도 빽도 없는 무명 가수인 그에게 숱한 사람들이 환호를 보내준다. 희망의 아이콘을 찾고 싶어 하는 대중에게 그는 말한다. "누구나 한 번쯤은 넘어질 수 있어/ 이제 와 주저앉아 있을 수는 없어// 내가 가야 하는 이 길에 지쳐 쓰러지는 날까지 일어나 한 번 더 부

딪혀 보는 거야." 어느 날 그는 한국인 모두에게 꿈과 도전의 표상

이 되어 있을 것도 같다.

박태희의 인생 팁

자신감과 열정을 가져라.

꾸준히 노력하라.

3부

실패를 딛고
인생 기회 잡아,
전화위복(轉禍爲福)

50까지 실패뿐이던 삶,
전국구 새 복지 모델 설계 꿈꾸다

북이백세누리센터 강이근 센터장

50세 이전은 실패와 불운의 세월이었다. 무엇하나 제대로 되지 않았다. 20년을 넘게 힘겨운 나날이 지겹도록 이어졌다. 그런데 50세가 되던 해 우연히 요양보호사교육원을 운영하게 됐고, 그 뒤 노인재가복지센터를 설립했다. 이를 계기로 사회복지계로 접어들어 교수가 됐고, 복지관 관장도 역임했다. 62세인 올해부터는 부산 북구청에서 설립한 공유경제형 복지 모델인 '북이백세누리센터'를 통해 새로운 도전을 하고 있다. 일모작 인생에서 한 번도 열매를 맺지 못했던 그는 이제 보란 듯이 이모작을 경영한다.

부산광역시 북구 북이백세누리센터 강이근 센터장(가운데)이 직원들과 센터 프로그램에 대해 논의하고 있다.

북이백세누리센터는 어떤 곳인가요?

✦ 북이백세누리센터는 50세 이상 북구 지역 주민을 대상으로 북구청에서 평생 교육 복지 서비스를 제공하는 곳입니다. 건강하고 행복하게 100세를 누릴 수 있도록 다양한 프로그램을 운영하고 있어요. 애초 '백세건강센터'로 구상되었으나, 건강만이 아니라 복지·문화, 평생교육 서비스도 함께 제공해서 '백세누리센터'라는 이름이 붙은 거죠. '북이'는 북구의 상징적 용어입니다.

이곳이 다른 복지 시설과 다른 점이 있다면 무엇인가요?

✦ 몇 가지 면에서 좀 특별합니다. 첫째, 공유경제형입니다. 대개

공공에서는 복지 시설 하나 설치한다고 하면 부지 매입비 신축 비용 등에 많게는 100억 원 이상 들어가는데, 우리 센터는 이미 설치된 경로당 행정복지센터 등 공공시설과 민간 시설을 활용합니다. 둘째, 접근성이 아주 좋습니다. 주민이 자신이 살고 있는 동네 시설을 사용할 수 있게 되니 정말 15분 거리 서비스인 것이죠. 셋째, 전문 서비스가 융합적으로 제공됩니다. 요즘은 복지 문화 건강 교육 등 공공 서비스가 너무 전문화되어 오히려 불편한 측면이 많은데, 우리 누리센터는 이 서비스를 한 기관에서 융합적으로 제공합니다. 주민에게는 어렵지 않아 좋지요. 아마 공유경제형으로는 전국 최초 시도일 것입니다.

후덕한 인상의 강 센터장이지만 백세누리센터를 설명하는 목소리에서는 사업에 관한 애정과 신념이 묻어 나왔다. 하지만 듣기로 그는 엄청난 시련과 불운 속에서 인생일모작 시절에 발버둥쳤다고 한다.

젊은 시절엔 어떻게 지내셨는지요?

✦ 저는 대학생 때 사회 문제에 뛰어들다 보니 졸업하고서 변변한 직장을 다녀 보지 못했습니다. 전전긍긍하던 중 장애인고용공단의 지원을 받아 조그마한 의류 부자재 공장을 설립했습니다. 그런데 시작과 동시에 역부족이더군요. 직원들 월급 날짜는 어찌 그리 빨

리 오는지. 결국 IMF 구제금융 위기와 맞물리면서 처절하게 망했습니다. 그때 나이 38세. 제 삶의 가장 힘든 시기였습니다. 하나뿐인 아들에게 꼭 잘되는 날이 올 거라고, 희망을 잃지 말라고 입버릇처럼 말해주시던 어머니는 자식의 힘겨워하는

강이근 센터장이 2020년 7월 부산 연제구 거제종합사회복지관장을 퇴임할 당시 직원들과 찍은 기념사진

모습을 바라보시며 아파하시다가 눈을 감으셨습니다.

그 후 어떻게 살아내셨나요?

✦ 힘들었습니다. 희망을 잃진 않았지만, 삶의 방향이 보이지 않았던 날이 이어졌습니다. 그런데 어느 날 중견 기업을 경영하고 있던 친구가 자기 백화점에 있는 레스토랑을 운영해 달라고 하더군요. 재기의 기회였습니다. 열심히 했어요. 그런데 그때도 행운의 여신은 미소를 보여주지 않았습니다. 친구의 모회사가 부도나고 심지어 친구는 구속되는 일이 일어났습니다. 막막했습니다. 수중에 있던 돈을 다 날려 버렸습니다. 44세 무렵이었는데, 더 이상 내려갈 곳 없는 상황이 되어 버렸어요.

그러나 분명히 인생 전환기가 있었겠지요?

✦ 인생 전환을 떠올릴 만큼 한가하지 않았어요. '아! 나는 실패의 인생을 살아가고 있구나.' 하는 생각이 점차 짙어졌습니다. 레프 톨스토이(Lev. N. Tolstoy)는 "불행한 가정은 각기 다른 이유로 불행하다."라고 했죠. 저의 경우가 딱 그러했어요. 저에게 실패할 요인은 널려 있었어요. 몇 년을 더 불우하게 보냈습니다. 그런데 전환의 기회가 정말 우연히 오더군요. 모교 대학에서 총장 비서실장이 될 기회를 얻게 되었습니다. 46세 때입니다. 2년 정도 안정적으로 일했는데 돌이켜 보면 이것이 인생 전환의 첫 계기였던 것 같습니다. 그후 다른 대학에서 근무하기도 했고, 요양보호사교육원을 운영하기도 했으니까요.

그러시다가 사회복지학 교수까지 되셨군요.

✦ 사람은 환경의 동물이더군요. 대학 쪽에 있다 보니 공부에 관한 열망이 생기더군요. 마침 제자를 위해 노심초사하셨던 모교 사회복지학과 최경구 교수님의 간곡한 바람은 제가 대학원에 진학해 강단에 서는 것이었습니다. 그래서 사회복지대학원 석사 과정에 입학했지요. 2011년 52세 때였습니다. 그런데 막상 사회복지계 쪽에 들어와 보니, 이 일이야말로 정말 오래전부터 해오던 일처럼 신나더군요. 50대 중반에 들어 비로소 제가 가야 할 길에 들어섰던 것입니다. 그 뒤에 신라대에서 사회복지학 박사 코스도 밟았고, 55세 때는

부산경상대에 전임 교수로 일하며 제자를 양성하는 보람도 느꼈지요.

강 센터장은 다리를 좀 전다. 선천성 고관절 장애 때문이다. 사무친 마음을 가진 모친은 그에게 항상 세뇌하듯 말했다 한다. "이근이 니는 나중에 나이 묵을수록 잘될 끼다." 그는 불운이 반복될 때 모친의 간절한 그 말만 기도문처럼 되뇌었다. 자기완성적 예언(Self-fulfilling Prophecy)이라 할까, 그런 세월을 보낸 뒤 그가 사회복지 일을 하는 것은 먼 길을 둘러 고향에 온 느낌을 준 것 같다. 내친김에 그는 복지 현장으로 더 들어가고 싶어 교수직을 그만두고 연제구 거제종합사회복지관과 북구에서 6년 동안 관장으로 재임하다가 올 3월부터는 북이백세누리센터 초대 센터장이 됐다.

종합적으로 볼 때 늦었지만 이제 시대의 때, 인생의 때를 잘 만난 것 같군요. 이제 마음속에 무엇이 있을까요? 어떤 꿈을 이루고 싶으신가요?

✦ 시대의 변화에 대응하는 뉴노멀한 복지 모델을 현장에서 만들고 싶습니다. 초고령화와 4차 산업 혁명, 이 두 융합적 요소를 창의적으로 디자인해 지역 사회에 적용하는 것입니다. 성을 쌓기보다 시대와 호흡하는 것이 중요하다고 생각합니다. 저는 센터를 시작할 때부터 모든 과정을 작은 것 하나라도 놓치지 않고 매일 기록하고

있습니다. 기록을 바탕으로 언젠가 이 공유 경제 모델을 전국적으로 확산시켜 나가고 싶습니다.

대화하다 보니 그에게서는 시대를 직관하는 언어가 느껴졌다. 평소 구상했던 것을 마침 북구청에서 추진하게 되어 기꺼이 참여했다고 한다.

이렇게 시대와 호흡하는 비결은 무엇인가요?

✦꾸준히 독서를 해 왔습니다. 최근에는 주로 유튜브를 통해 지식을 흡수합니다. 지식은 흡입할수록 힘을 받게 되더군요. 스티브 잡스(S. P. Jobs)가 그랬죠. "싱크 디퍼런트(Think Different)."라고. 그러한 생각으로 뉴노멀 시대를 헤쳐가기 위해 늘 공부합니다. 프랑스 시인 폴 발레리(P. Valery)는 "사람이 생각하는 대로 살아가지 않으면 결국, 살아가는 대로 생각하게 된다."라고 했다지요. 저에게는 이 말이 비수처럼 꽂혔습니다.

인생일모작 시기에 실패만을 거듭하던 그는 인생이모작 경영을 하면서부터 비로소 순항하고 있다. 모친의 눈물 어린 기도가 인생일모작의 힘든 삶을 안아 주었다면, 책과 유튜브를 통한 학습 습관은 이모작의 강력한 엔진이 된 것 같다. 물론 아직 뉴노멀의 모델을 재래식 관점에서 냉소적으로 바라보는 시선이 느껴질 때도 있다. 하지만 그는 베이비부머 세대와 함께 지역 경로당의 새로운 모델을 만들 구상까지 하고 있다. 그에게 60대는 5월의 신록과 같다.

강이근의 인생 팁

공부하라. 다르게 바라보라.
할 일이 보인다.

알코올 중독자에서
알코올 중독 치료 전문가로

신라대 학보사 간사 김대성

✦

인생, 만만찮다. 50대 중반을 넘다 보면 그 중력을 실감한다. 알고 보면 저마다 영화 몇 편씩의 사연을 가지고 있다. 이번엔 유난히 더 무거운 짐을 지고 걸었던 이를 만났다. JTBC 드라마 〈나의 해방 일지〉의 손석구는 차라리 귀여운 수준. 인생길의 바닥까지 내려갔는데, 가 보니 지하가 몇 층 더 있었던 중증 알코올 중독자. 그러나 그는 지금 그때를 기반으로 새로운 길을 만들어가고 있다. 인생 역전 중인 이 사람을 만나 본다.

알코올 중독을 극복한 대단한 분이라고 들었습니다. 지금은 어떤 상태인가요?

✦ 저는 1998년쯤부터 알코올 중독으로 인한 금단, 내성 증상을 인식하게 되었습니다. 중독자 생활을 만 7년 지속해 왔습니다. 51세인 2013년부터 회복에 자신감을 가졌습니다. 지금은 알코올에 대한 콤플렉스에서 자유로운 상태입니다.

김대성 씨가 신라대 학보사 앞에서 대학생 기자와 포즈를 취하고 있다. 김 씨는 신라대 학보사 간사를 맡고 있다.

선생께서 말씀하시는 자유로운 상태를 더 설명해주세요.

✦ 알코올 중독자는 그 회복되는 과정에 따라 단주자 회복자 촉진자로 구분할 수 있는데요. 저는 현재 회복자로서 촉진자가 되기 위해 노력하고 있습니다. 여기서 단주자는 술을 끊은 사람이고, 회복

자는 단주 후 새로운 생활을 추구하는 사람을 말하죠. 알코올 중독은 단순히 술만 많이 마신 것이 아니라 정신적으로 무너진 것인데, 회복자는 이 정신을 회복한 사람입니다. 촉진자는 회복자 상태를 넘어 비 온 뒤 땅처럼 단단한 자아를 가지고 사회 활동 중인 사람을 가리키죠. 저는 현재 건실한 직장인이며, 앞으로 중독 회복 분야에서 좋은 상담사와 치유사가 되기 위해 매진하고 있습니다.

그의 현재 직함은 신라대학교 학보사 간사. 대학에서 운영하는 신문사, 방송사 그리고 부산학연구센터의 행정적인 일을 도맡고 있다. 중독자 1만 명 중에서 1년 이상 단주를 지속하는 이는 0.02%, 즉 2명 정도인데, 이들까지도 재발률이 많게는 80%라고 한다. 그러니 사실 알코올 중독자가 10년 이상 단주한 회복자가 되는 것은 통계상 거의 불가능한 수준이다. 하지만 그는 잘 회복한 것은 물론이고, 알코올 중독 전공 박사 과정을 밟고 있으며 곳곳에서 강연 활동도 하고 있다.

과거에는 얼마나 심각하셨나요?

✦ 전문대를 졸업하고 삼성(클라크, 상용차, 전자)에 입사해 열정적으로 일했습니다. 그 과정에서 성과도 냈지만, 술을 많이 마셔서 쫓겨나기도 했고 개인 사업체를 운영하다가 폐업을 당하는 시련을 맞았습니다. 43세 무렵에 중독 진단을 받았으나 단주하지 못하고 지냈

습니다. 그러다 더 심해져 46세 때는 자살을 시도했던 적도 있고, 49세 때는 급기야 뇌경색과 관절 마비까지 왔습니다. 환청도 심했어요. 공부 잘하고 이쁜 딸의 학업도 저 때문에 엉망이 되었는데, 어느 날 저는 아내의 행동을 오해해 흉기를 휘두르기도 하여 법원에서

코로나19 때 부산 북구빙상장에서 자원봉사에 나선 김대성 씨

이혼 판결을 받기도 했습니다. 가정은 풍비박산, 저는 바닥없이 침몰했었어요.

그런데 어떻게 회복의 길로 들어섰나요?

✦ 50세 때 어느 날 삶에 대해 포기하고서 아내에게 목욕을 좀 시켜 달라 했습니다. 세상을 하직한다는 생각이었죠. 그런데 목욕하고 난 뒤 갑자기, 꼭 살아야겠다는 간절함이 솟아나더군요. 그때부터 단주를 결심했습니다. 그러나 중독은 무서운 것입니다. 마음이 힘들어 부들부들 떨릴 때 술은 충만감을 줍니다. 그러니 술을 완전히 끊지 못하고 마시다 끊었다 하는 세월을 1년 반 정도 더 보냈습니다. 그런데 어느 날이었습니다. 술 세 병을 혼자된 방에서 마시고 있었는데 제 머릿속에 "교만하지 말고 겸손하며 너 자신의 위치를

알라."라는 울림이 크게 가득 차다군요. 예기치 못한 상황이었어요. 신비한 공명 현상 속에서 저는 일어섰고, 단주를 실행했습니다.

그는 직업 활동 중 실적에 대한 압박감으로 점점 소진되다가 우울감에 빠졌고, 이를 해소하기 위해 더 많은 음주를 했다. 어릴 때 아버지로부터 인정받기 위해 애쓰던 성향이 사회생활 중 과한 스트레스를 떠안는 기질로 발현되었고, 이게 우울증과 중독으로 연결되었다는 것도 대학원에서 공부하면서 알게 됐다. 어쨌든 그는 다 망가진 상태에서 지그문트 프로이트(S. Freud)가 생명 본능이라고 하는 에로스(Eros)의 큰 공명에 사로잡혔다. 그의 본능이 그도 모르게 죽음 본능인 타나토스(Thanatos)를 거부한 것이다.

회복을 위해 구체적으로 어떤 노력을 하셨나요?

✦ 먼저 기초 체력 보강을 위해 걷기를 시작했습니다. 매일 하루에 15km 정도 걸었습니다. 그리고 하루 100번씩 저 자신에게 감사와 칭찬을 했습니다. 알코올 회복 전문시설인 A.A.(Alcoholics Anonymous) 자조 모임에도 가보았는데, 저에게 맞지 않더군요. 저는 봉사 활동을 택했습니다. 덕천교회와 덕천복지관 식당에서 1년 정도 설거지 일만 했습니다. 자신감이 생기더군요. 그 후 북구자원봉사센터, 북구치매안심센터에서 강사 활동을 했습니다. 56세 때인 2018년에는 대학원에 들어가 사회복지학과 정원철 교수님에게

서 배우면서 저 자신을 더 알게 되었습니다.

그 과정에 어려움도 많았겠죠?

✦ 신념을 지키며 답을 찾는 과
정이 고통스럽고 외로워 눈물 흘
린 일이 한두 번이 아닙니다. 그
러나 북구지역자활센터의 쌀 택
배 활동, 부산디지털대 학습, 숙
박업소 세탁물 처리 등을 꾸준히
했었죠. 신뢰를 얻을 때까지 가족
의 동선을 피하며 가족들의 옷 세
탁, 시장보기, 식사 준비 등의 활

김대성 씨가 알코올 중독자의 회복 과정에
관해 쓴 신라대 석사 논문

동을 해주었습니다. 단주 후 2년 6개월 정도 되니 아내와 아들이 저
의 변화를 믿어주더군요. 4년 5개월째에는 제가 혼자 밥을 먹고 있
는데 딸이 "아빠하고 같이 밥 먹은 지 한 10년은 되었제?" 하더니
제 옆에 앉는 것입니다. 딸로부터도 믿음을 받기 시작한 것입니다.
마침 먹고 있던 국에 어찌 그리 눈물이 쏟아지던지.

지금은 어떤 일을 하시나요?

✦ 알코올 중독 당사자의 고통과 회복 과정을 주제로 석사 논문을
쓰면서 전문성에 눈을 떴습니다. 현재는 박사 과정에서 알코올 중독

공동 의존자에 대해 연구 중입니다. 사회복지사 평생교육사 요양보호사 중독전문가 심리복지상담사 1급 긍정심리상담사 인지정서지도사 레크리에이션 1급 실버코칭지도사 한국마약퇴치본부 영남권 재활센터 회복상담사, 한국건강증진개발원 절주전문강사 등의 자격도 취득했습니다. 또한 40·50대 고독사 예방을 위해 만덕복지관의 만발이사업 위원으로 활동하고 있고, 만덕 3주공 아파트의 동대표 회장으로서 부녀회와 공동으로 국수 봉사를 18년째 하고 있습니다.

앞으로 어떤 일을 하실 계획인가요?

✦ 얼마 전 아들이 취업하기 위한 면접에서 가장 존경하는 사람을 묻는 말에 "아버지"라고 답했다고 합니다. 눈물이 와락 쏟아지더군요. 가족들과 행복하게 사는 것이 제일 큰 꿈입니다. 그리고 알코올 의존자 없는 부산을 만들기 위해 내년 하반기에는 전문치유센터를 설립할 계획입니다.

누구든 넘어질 수 있다. 그러나 현재 60세인 김대성은 넘어진 자리에서 그것을 딛고 일어선 이웃이다. 온갖 부유물이 뒤섞여 떠내려가는 장마철 같은 세월. 알코올 중독은 우리 사회가 공모자이지만, 고통을 감내하는 이는 개인이다. 2022년 인기리에 방영된 JTBC 드라마 〈나의 해방일지〉에서 삶에 지칠 만큼 지친 염미정이 말한다. "우리 다 행복했으면 좋겠어. 쨍하고 햇볕 난 것처럼, 구겨진 것 하나 없이.” 이렇게 아파하는 사람에게 김대성의 인생이모작 길은 든든한 나침판이기에 충분하다.

김대성의 인생 팁

변화할 수 있다는 생각과 용기를 가지고
꾸준히 실천하라.

알코올중독으로 의심되는
가족이 있다면 어떻게?

서투르게 금주를 요구하면 화를 입을 수 있어 섣불리 관여하지 않는 게 좋다. 전문 기관의 중독자를 둔 가족을 교육하는 프로그램에 참여하면 해답을 찾을 수 있다.

▶부산 중독관리통합지원센터(서구 구덕로 187)

　051-246-7574

▶사상 중독관리통합지원센터(사상구 가야대로 196번길 51)

　051-988-1191

▶해운대 중독관리통합지원센터(해운대구 반송로 853)

　0510-545-1172

가족이 국립부곡병원 홈페이지에 접속해 알코올 사용 장애 선별검사(AUDIT-K)의 '관찰자 진단'을 받아보는 것도 좋은 방법이다. (http://bgnmh.go.kr/checkmehealme/selftest/alcTest5.xx)

문제가 있다는 결과를 받았다면, 해당자를 설득해 위 홈페이지에서 '자가 진단'을 받게 하든지, 중독관리통합지원센터에 방문해 더 자세한 검사를 받는다. 검사 결과에 따라 이 센터에서 안내하는 프로그램에 따른다.

좌절 딛고 다시 조선업 투신,
노인복지사 꿈도 함께 키우다

㈜티이에스기술연구소 최효규 소장

🌾

    고등학교를 졸업하고서 현대중공업, 대우조선해양에 입사하여 총 24년을 일했다. 43세에 대우조선해양의 사내 협력사 사장이 되었고, 51세에는 ㈜제이에이치(JH)를 설립해 잘 나갔다. 그러나 10년이 지난 어느 날 원청 회사의 부도로 인해 폐업하는 시련을 겪었다. 61세 때였다. 엄청난 고통의 터널이었다. 올해 66세. 그는 다시 일어서서 이모작 인생을 진군한다.

    여기는 어딘가요? 애초 직장 생활을 고등학교를 졸업하고 시작하셨군요.

✦ 여기는 경남 거제시에 있는 선박 관련 기업 ㈜티이에스의 기술연구소입니다. 현재 이곳의 연구소장으로서 조선 해양 분야 LNG(액화천연가스) 단열재를 연구·개발하고, 생산과 시공을 지원하는 일을 하고 있습니다. 대구공고를 졸업하고 19살 때 현대중공업에 입사한 이후 지금까지 조선업 밥만 48년을 먹었네요. 처음 현대중공업에 입사했을 때 한 달에 급여를 3만 원 받았는데 대졸자의 절반도 안 되었어요. 안 되겠다 싶어서 작심하고 울산대에 진학해 주경야독하는 등 정말 일도 공부도 열심히 하며 살아왔습니다.

㈜티이에스 최효규 기술연구소장이 조선 해양 분야 고주파 밴딩 진원도율 신기술을 개발해 특허 등록한 기술력을 설명하고 있다.

회사도 설립해 경영하셨다고요?

✦ 열심히 하다 보니 1983년에 막 설립되는 ㈜대우조선해양에 스

카우트 되었죠. 독일 하데베 조선소에서 1년 동안 국비 연수받으며 시야를 넓히는 행운도 잡았었어요. 그리고 43세가 되던 봄날이었는데, 사내 회사를 설립할 기회가 왔어요. 저는 비철관 배관을 제작하는 ㈜대주ENG를 설립했지요. 전국품질경영대회 대통령상, 전사 안전대상을 받았고, 최우수 협력사로 지정받기도 했습니다. 8년 뒤에는 철 구조물 가공회사인 ㈜제이에이치를 설립했습니다.

그는 부친의 함자를 따서 회사 이름을 만들었다. 지역 특화 기술도 개발하고 이노비즈 인증회사, 한국 남동발전 정비적격회사 인증도 받았다. 경남중소기업청장으로부터 취업하고 싶은 우수 기업으로 지정받기도 했다. 재미가 쏠쏠했다. 일반 회사로 치면 매출액 200억 원에 해당하는 규모까지 키웠다.

그러나 시련이 왔었군요. 어찌 된 건가요?

✦네, 승승장구하던 제게도 시련이 오더군요. 저에게서 납품받던 회사가 도산해 버리면서 우리 회사도 연쇄 도산하게 되었습니다. 나이 61세였습니다. 한 마디로 죽

최효규 소장이 사내 회사 대주엔지어링을 운영할 당시 대우조선해양으로부터 받은 우수협력사상. 오른쪽 사진은 최 소장이 취득한 노인심리상담사 1급 자격증

을 맛이더군요. '100세 철학자' 김형석 교수는 "사람 인격의 핵심은

성실성"이라고 했었어요. 저는 그에 딱 맞는 사람이었습니다. 배관 기술자로 직장을 시작한 이후 성실만이 저의 필살기였어요. 그런데 지금 유동성 부족 문제는 성실성으로 해결할 수 없는 문제더군요.

고통이 보통이 아니었군요.

✦ 평생을 모은 전 재산을 날렸습니다. 죽을 노릇이었습니다. 결국 서울에 사는 아내 명의의 아파트와 부모로부터 물려받은 임야까지도 경매에 넘겨야 했습니다. 아내가 정신적 충격을 심하게 받았어요. 저의 마음도 고통이지만, 아내의 우울증은 폐업의 펀치에 더해진 또 다른 펀치였어요. 한마디로 무력해지더군요.

지옥의 일상이었군요. 어떻게 하셨나요?

✦ 재기해야 했어요. 저를 일으켜 세운 것은 어린 시절 부모님이 보여 주신 생활 자세였습니다. 부모님은 곤란을 통해 더 힘을 내는 DNA를 가진 분이셨어요. 인생이 완전 바닥이 되었고 무력해진 어느 날 부모님이 생각나더군요. 힘이 나더군요. 또 저와 함께 고생했던 직원들이 저의 단단한 우군이 되어주더군요. "아! 사업은 실패했지만 인생을 실패한 것은 아니구나."라는 생각이 들었어요. 회사를 경영할 때 사훈이 인화 도전 성취였어요. 그런데 도전과 성취도 인화에서 출발한다고 생각했지요. 일반 복지는 당연하고 건강을 위한 인센티브 제도나 직원 가족들의 기념일도 모조리 챙겼어요. 늘 활

기 넘치는 일터였어요.

살다 보면 곤궁에 처할 때가 있다. 어렵게 되면 그렇게 많던 지인의 연락도 끊긴다. 어쨌든 최 사장의 종업원 만족 경영은 유별났다. 그 덕분인지 그가 어렵게 되자 직원들이 소매를 걷고 나서 주어 다시 힘을 낼 수 있었다. 사는 데 사람이 참 중요하다는 것을 실감했다.

다시 삶의 의욕을 안고서 무엇을 하셨나요?

✦ 다시 시작해야 했어요. 조선 해양 분야의 신기술을 연구·개발하는 일을 시작했습니다. 경상국립대와 함께 고주파 밴딩 진원도율이 높은 신기술을 개발해 특허 등록을 하는 등 실적을 내고 있습니다. 그리고 요즘은 노인 복지 관련 일에도 치중하고 있습니다. 매일 새벽마다 저 나름의 방법으로 정보를 수집하고 해석하는 시간을 갖는데, 어느 날 점점 심각해지는 초고령사회 문제를 보면서 이 분야에서 무언가 기여해야겠다는 생각이 들더군요. 이 일은 하면 할수록 저에게 맞더군요. 거제 지역에는 이 분야의 전문가가 부족합니다. 그래서 1급 노인심리상담사, 1급 심리상담사, 노인교구지도사 자격증도 취득했습니다. 올해 안에 사회복지사 자격증도 딸 계획입니다. 장기적으로는 이 일을 계속하려고 합니다.

조선업 종사자가 '가리늦가' 노인 복지 쪽으로 가는 것은 괜찮은

선택일까? 성공할 수 있을까? 그러한 염려 때문인지 그는 현재는 조선기술연구소에 종사한다. 인생 전환기에 일종의 교두보 혹은 완충 지대를 만든 셈이다. 그가 좋아하는 바둑으로 치면 입계의완(入界宜緩)의 전략이다. 바둑을 둘 때 포석을 두어 나가다 보면 형세의 윤곽이 뚜렷해지는 어떤 시기가 온다. 이때 불리하면 저돌적으로 강하게 밀고 싶은 마음이 들기도 한다. 그러나 최효규는 지금 잘하는 일을 하며 몇 년 후에 하고 싶은 일을 차근히 준비한다. 생계를 안정시키면서 인생이란 대마의 생존을 도모하는 그만의 후기 중년기 인생 전략이다.

인생 전환기에 자기 관리가 중요하겠군요. 어떻게 하시나요?

✦ 저는 목표와 습관을 가장 중요하게 생각합니다. 노인 복지 일은 반드시 하고 싶습니다. 그리고 75세까지는 예전 자산의 1/2까지 회복할 계획입니다. 아너소사이어티에 가입할 목표도 세웠습니다. 그리고 살아보니 '습관이 곧 운명'이더군요. 저는 매일 새벽 4시에 기상합니다. 6시까지 필요한 정보를 검색하고 독서합니다. 그리고 조깅과 산책을 6km 정도 해요. 매일 합니다. 하루를 이렇게 시작하면 마음 근육과 몸 근육이 탄탄해져요.

당해보지 않은 이는 인생 파도의 고통을 모른다. 최효규는 인생 이모작 전환기에 거제도의 거친 파도를 덮어썼다. 언어로 표현할 수 없는 수준의 고통을 맛보았다. 그러나 휩쓸려 가지는 않았다. 요즘 말로 '강철 멘탈' 덕분이다. 인생이모작의 비법에 대한 질문에 그는 "소질을 찾아 목표를 정하여 나아가는 것"이 중요하다고 했다. 그리고 "습관을 목숨처럼 중요하게 생각하고 지킨다."라고 말한다. 올해 그의 나이는 66세, 오늘도 새벽 4시가 되면 어김없이 집을 나선다.

최효규의 인생 팁
사업 실패를 인생 실패로 생각하지 말고
성공 습관을 반복하라.

기업 부도 초기 대응 방법

① 우선 현실을 객관적으로 인지하고 판단해야 한다. 처음 당하는 일이라 정보도 지식도 없는 채 혼란에 빠진다. 이럴 때일수록 정확한 현실 파악이 중요하다.

② 당연히 법적 사항을 체크해야 한다. 이를 기반으로 정부의 기업 회생 제도 등도 살펴야 한다. 기업 회생 시 본인의 위치, 개인 파산 면책 방향 등 기본과 원칙을 중시하며 대응을 결정해야 한다.

③ 더 중요한 것은 멘탈. 본인의 정신이 무너지면 아무것도 소용없다. 부도는 역설적이지만 없던 기회도 준다. 인생이 모작 시기에 있는 분은 특히 '위기 속에 기회가 있다.'라는 신념으로 자신의 소질과 장점을 다시 살펴야 한다.

④ 친한 사람의 정서적 지지는 매우 중요하다. 멘탈을 무너지게 하는 것도, 지켜주는 것도 친한 사람이다. 더불어 할 사람이 있다면 다시 강해질 수 있다. 평소에 여유 있을 때 사람에게 잘해 지지의 저축을 넉넉히 해 두는 것이 좋다.

IMF로 전 재산 잃은 실패, 노인 IT 셀럽이 되어 이겨 내다

은빛둥지 라영수 원장

챗GPT, 갑통알, 메신저감옥, 워케이션, 갓생…. 신조어가 연방 쏟아진다. 디지털 기술이 일으키는 문명이 예사롭지 않다. 잠시라도 한눈을 팔면 변화에 따르지 못하는 게 아닐까 불안해진다. 그런데 80이 넘은 나이인 데에도 70대에 디지털 기술을 가르치고 그들과 기업을 경영하는 분이 계신다. 경기도 안산의 은빛둥지 라영수 원장. 1940년생, 올해 83세인 그는 노인 IT 교육 쪽에서 이미 셀럽이 되어 있다. 그는 어떻게 그 경지에 이르렀을까?

원장님께서 하시는 일은 무엇인가요?

라영수(왼쪽 두 번째) 원장과 동료 교육생이 안산시의 본오들판에서 디지털카메라에 가을 풍경을 담고 있다.

✦ 저는 노인들에게 포토샵 동영상 편집 등 컴퓨터 사용법을 교육하고 있습니다. 요즘 디지털 변화가 극심하다 보니 노인들은 꼭 딴나라에 사는 느낌이 든다고 합니다. 저는 농경 시대에 태어나 4차 산업 혁명 시대를 살아가는 노인들이 디지털 기술과 의식을 갖춘 '신노인'으로 살 수 있도록 돕고 있습니다.

조직을 꾸려서 하시는 건가요?
✦ 당연하지요. 우리 은빛둥지는 2001년부터 시작했으니, 벌써 20년이 훌쩍 넘었네요. 정회원이 100명 정도이고요, 준회원이

7,000명 정도 됩니다. 5명이 상근하는 사회적 기업입니다. 안산시에서 고맙게도 공간을 무상으로 주었습니다.

애초 그에게 인터뷰를 위해 경기 안산시를 방문하겠다 하니, "그럴 것 없다."라면서 "줌으로 하자." 제안해 주셨다. 줌을 열어 만나 본 83세의 라 원장의 목소리는 우렁차고 안정되어 3시간이나 변함없었다.

주력하시는 일을 말씀해 주세요.

✦ 은빛둥지는 '당신은 반세기를 더 살아야 합니다.'라는 구호를 내걸고 있습니다. 세월이 가면 누구나 노인이 되지만 은빛둥지는 새로운 미래를 지향하는 노인들이 모여 있습니다. 대표적으로 소개하고 싶은 것은 '휴전선 별곡' 프로젝트입니다. 매달 노인들을 모집하여 휴전선 철책을 찾아 분단과 통일을 체계적으로 이해시키고 디지털 자료를 만드는 행사입니다. 부산에서는 동래학춤 박소산 명인께서 버스킹에 참여하신 적도 있습니다. 또한, 영정 사진을 찍는 봉사 활동도 하고 있습니다. 우리 교육원에서 디지털 사진 기술을 학습한 교육생들이 노노(老老) 봉사 차원에서 다른 노인들의 영정 사진을 찍어드리고 있지요. 1년에 약 200명, 그동안 총 5,000명은 찍어드린 것 같습니다.

그리고요?

✦ 코로나로 많이 힘들었지만 홍보 영상 제작, VR 기술을 활용한 관광 기념 영상 콘텐츠 제작, 노인을 대상으로 1인 크리에이터 양성반 운영 등 다양한 활동을 합니다. 디지털카메라나 동영상 작품을 만들어 전시회도 열고 있습니다. 안산시 의회를 감시하는 은빛의정 봉사단도 운영했죠. 우리 활동은 유튜브에 많이 올라가 있습니다.

젊은 시절 어떤 일을 하셨나요?

줌으로 인터뷰 하는 라영수 원장

✦ 저는 서울대 농대를 졸업하고 말레이시아 태국 쪽에 대형 건설 공사를 수주하는 로비스트로 활약했습니다. 그러다 50대에 들어서 캄보디아에서 대형 농촌 개발 사업을 추진하게 되었습니다. 그쪽의 실세와 인연이 닿아 캄보디아농업개발공사(Cambodia Agriculture Development Corp.)를 설립했죠. 한국의 우수한 농업 기술을 캄보디아에 적용하여 농업 혁명을 일으킨다는 구상이었습니다. 수년에 걸쳐 준비했죠. 그런데 운이 내 편이 아니었어요. 사업을 진행할 때 한국에 IMF 국가 부도가 일어났습니다. 달러 환율 문제로 인해 모든 재산을 투여한 필생의 사업을 접을 수밖에 없게 되더군요. 평생의 재산이 물거품처럼 사라져 버렸어요. 제 인생일모작의

끝은 이루 말할 수 없이 처참했죠.

그래서 어떻게 하셨나요?

✦ 현실을 인정할 수 없었습니다. 그때가 57세였는데 귀국해 집에 와보니 집까지 차압을 당했더군요. 분노와 절망의 시간을 보냈습니다. 매일 술에 의지한 채 지냈고, 죽느냐 사느냐의 기로에 있었죠.

그러다 어떻게 재기하셨나요?

✦ 정신없이 지내던 어느 날 분풀이를 하자는 생각이 들었고, 결국 '멋있게 사는 것이 분풀이'라는 결론에 도달했습니다. 인생을 좌시할 수 없더군요. 모색 끝에 안산에서 제2의 인생을 시작하기로 결심했습니다. 이미 안산 예술인 주택 사업으로 연을 맺고 있었기 때문입니다. 가장 먼저 안산대학교 교수님들을 면담하여 청강 허락을 받았습니다. 그리곤 2년을 하루도 빠짐없이 도시락 두 개를 싸 들고 주야간 가리지 않고 컴퓨터 관련 모든 수업을 완파했습니다. 얼마나 열심히 했던지, 몇 년 뒤 대학에서 청강생인 저에게 졸업식 때 총장의 표창장까지 주더군요.

인생이 한없이 흔들릴 때는 전환의 계기를 붙잡아야 한다. 라영수 원장은 마음 깊은 곳의 단단한 도전 정신 DNA를 다시 잡은 사례. 경영자들이 존경하는 경영자라 일컬어지는 이나모리 가즈오

(いなもりかずお) 교세라그룹 회장은 인생 방정식을 사고법×열의×능력이라고 표현했다. 똑같은 열의와 능력이라도 사고법이 긍정적이어야 인생과 일은 성공하게 된다는 것이다. 그는 힘든 세월의 어느 날, 실패를 하늘이 준 선물로 받아들였다. 그리고 단호하게 새 출발을 했다.

다행이군요. 그리고 어떻게 하셨나요?

✦ 2001년 우연히 천주교 수원교구에서 운영하는 안산시 본오복지관을 방문했다가 마침 노인 컴퓨터 교실을 열며 강사로 일하게 되었습니다. 노인들이 너무나 좋아했어요. 그리곤 우여곡절 끝에 2003년에 안산시와 지역 사회의 도움을 받아 공간을 마련했고, 동네 노인들과 '은빛둥지'라는 정보화 교육 비영리 민간 단체를 만들었습니다. 그리고는 포토샵 등의 영상 기술도 가르쳤죠. 2006년에는 교육생들이 만든 사진으로 지역 국회의원과 안산시장이 참여하는 디카로 찍은 사진전인 '황혼의 길손'을 열었고, 그 뒤에 매년 1회씩 12번을 개최했습니다.

그때가 66세였는데, 지금 83세까지 활동해 오셨군요. 수상 실적도 엄청나다던데요?

✦ 그 뒤 웹디자인 파워포인트 동영상 엑셀 포토샵 등을 자생·자립적 신념으로 운영하여 교육 사업을 계속 활성화했죠. 그리고

2013년에 은빛둥지를 사회적 기업으로 등록했지요. 업종은 영상 콘텐츠 제작업이었습니다. 물론 노인들에게 무료 컴퓨터 교육도 계속했지요. 우리의 야심작은 영화 제작이었습니다. 우리는 안산의 대지주 출신으로서 독립운동을 하셨던 염석주 선생에 대해 7명씩 조를 짜서 만주 시베리아를 수십 번 탐방하며 다큐를 제작했습니다. 그게 〈대지의 진혼곡: 염석주를 찾아서〉입니다. 이 작품은 각종 영화제에서 대상을 타고, KBS에서 광복 65주년 특별방송으로 방영되기도 했죠. 또한, 시민의 콘텐츠로 시민이 방송하는 국내 유일의 시민방송 채널인 RTV((재)시민방송)에 많은 콘텐츠가 올라가 있습니다. 수상 실적요? 너무 많습니다. 정부나 민간으로부터 우리 단체가 받은 상과 교육받은 개별 노인들이 출품하여 받은 상을 합치면 모르긴 해도 백 개도 넘을 것입니다.

라영수 대표가 은빛둥지 동지들과 함께 제작한 '대지의 진혼곡: 염석주를 찾아서' (출처: 유튜브 '은빛둥지/Silver Nest')

들어보니 은빛둥지는 노인 컴퓨터 교육 단체 이상의 조직이다. 기초부터 고급까지 가르치고, 고급 기술을 다시 적용해 전문가 수준의 콘텐츠까지 제작하는 노인 일자리 기업이다. '노인 조직'의 한계를 넘어서 있었다.

하시고 싶은 말씀이 많을 것 같군요.

✦ 한국 사회의 노인들은 어떤 편견에 내몰리고 있습니다. 디지털 문명에 적응하지 못하는 '꼰대' 이미지인데요. 이는 잘못된 것입니다. 노인들은 디지털 기술에 취약하다 뿐이지, 많은 경험을 가지고 있죠. 저는 70, 80대 노인들과 함께 디지털 콘텐츠 쪽에서 수익 모델을 만들어 왔습니다. 노인들과 함께 뒷방을 걷어차고 나온 것이죠.

네 정말 그렇군요.

✦ 현재 과기정통부 산하 한국지능정보사회진흥원에서 운영하는 디지털 배움터 사업은 초기에는 긍정적인 면이 많았습니다. 그러나 이제는 지역 노인 IT 교육 기관이 자생하도록 지원하는 사업을 확장해야 합니다. 노인은 존엄을 지키며 경제 활동을 할 권리가 있습니다. 정부나 공공기관에서는 저열한 임시방편의 일거리를 주어 노인을 폄하하지 않아야 합니다. 노인을 양질의 일자리만이 아니라 활동적인 디지털 시민으로 만드는 저의 '신노인' 모델은 노인을 고양된 자존감과 함께 살게 할 뿐만 아니라, 청년들과 세대 공감을 일

으키도록 해줄 것입니다.

"청춘이란 인생의 어떤 기간이 아니라 마음가짐이라네//…나이를 먹는다고 늙는 것이 아니라, 이상을 잃어버릴 때 늙는 것이라네." 시인 사무엘 울만(S. Ullman)이 78세에 쓴 시 「청춘」의 한 구절이다. 이 시의 말미는 다음과 같다. "너나없이 우리 마음속에는 어떤 안테나가 있다네/ 사람들과 신으로부터 아름다움 희망 기쁨 용기 힘의 영감을 받는 한 그대는 항상 청춘이라네." 이 시는 사무엘 울만이 라영수에게 올린 헌시처럼 느껴진다.

라영수의 인생 팁
시대에 맞는 일을 선택하고
도전 정신으로 밀고 나가라.

가난 딛고 펜션 사업 개척…
1만 5,000평 '보물 정원'을 가꾸다

골망태펜션·정원 신탁열 대표

⁂

새로운 일에 열정을 쏟기보단 심신의 균형을 더 중시하라고 한다. 인생이모작기에 들어서는 사람들이 듣는 흔한 이야기다. 하지만 과하지 않으면서도 일모작 기에 구상한 사업을 더 확대하여 나아갈 수 있다면 금상첨화일 것이다. 육십이 넘어서 내적 안정성과 사업 포부, 이 두 마리 토끼를 잡는 사람이 있다기에 방문한 곳은 녹차로 유명한 전남 보성군의 한 펜션정원. 인터뷰를 막 시작하는데 그는 어디선가 온 전화를 받고 만면에 웃음을 띠었다.

무슨 전화인가요?

신탁열 대표가 골망태정원. 정원에 있는 자신의 인생 좌표를 새긴 비석을 배경으로 포즈를 취하고 있다.

✦ 우리 골망태펜션의 정원이 민간정원 지정 심사에 통과됐다는 전화입니다. 정원을 설립한 지 20년 만에 이룬 또 하나의 성과입니다. 오늘 인터뷰 오신 날, 참 좋습니다.

축하합니다. 이곳을 소개해주세요.

✦ 여기는 전남 보성군 보성읍 노상길 5-56번에 위치한 골망태 펜션입니다. 아시다시피 보성군은 우리나라 최고의 녹차 생산지죠. 저는 이곳에 딱 20년 전인 2003년에 1만 5,000평의 산야를 구입하여 황토 펜션 건물 15동을 신축했고, 5,000평의 차밭과 5,000평

의 수국밭을 조성했었습니다. 그리고 2012년에는 7만 개의 수선화가 피는 5,000평의 화원을 더 만들었죠.

우리나라는 수목원·정원 조성법에 따라 정원을 국가정원, 지방정원, 민간정원으로 관리한다. 이 중 민간(법인·개인)이 주체가 되는 민간정원은 법에 따라 광역지자체가 면적, 구성 요소, 편의 시설을 심사하여 지정한다. 이렇게 지정되면 입장료나 시설 사용료를 받을 수 있고 보존 가치가 있는 식물의 관리 비용도 정부로부터 받을 수 있다. 오늘 만난 사람은 곧 민간정원으로 등록될 골망태펜션·정원의 신탁열 대표다.

이곳이 특별한 이유는 무엇일까요?

✦ 이곳에는 사계절 항상 꽃을 체험할 수 있도록 180여 종의 수목과 초화류가 자라고 있어요. 여기에 펜션식 황토방까지 갖추고 있으니 도시인의 좋은 치유 공간입니다. 지난 2021년에는 전라남도의 '예쁜정원 콘테스트'에서 우수상을 받았습니다. 작년 4월 MBC의 〈생방송 오늘 저녁〉에서 대한민국 보물 정원으로 소개되기도 했죠. 자랑하고 싶은 것은 100m 길이의 와인동굴입니다. 유럽 여행에서 힌트를 얻어 우리 가족들이 6년 동안 함께 판 자연 토굴인데, 된장 소금 간장 차를 발효시키고 있습니다. 특히 직접 개발한 막걸리와인은 좋은 반응을 얻고 있죠. 동굴 안에는 보성군으로부터 녹

차 체험장으로 지정받은 20여 평의 쾌적한 차 시음장도 있습니다.

드론으로 찍은 골망태펜션·정원. 사진의 상단은 황토방 펜션건물들이며, 하단은 녹차나무로 조성된 미로정원이다.

그를 따라가 본 와인동굴은 폭 2m의 황토 동굴이었다. 곡선으로 된 50m 길이의 동굴에는 와인 된장 녹차들을 발효시키는 9개의 발효식품 창고가 나뭇가지처럼 연결되어 총 100m가 되는 듯했다. 애초 마사토 토양의 산에 굴을 만들면서 철골로 구조 안정성을 기했다고 한다. 황토로 외벽처리가 된 동굴은 15~22℃의 온도에 50~80%의 습도가 유지되어 깔끔했다.

어떻게 사업을 시작하셨나요? 인생일모작 이야기를 좀 해 주세요.

✦ 저는 어린 시절 매우 가난하여 숟가락 젓가락도 없던 궁핍한

사람이었습니다. 어린 시절을 그렇게 한심하게 보내다가 28세에 집을 뛰쳐나왔습니다. 그리고 화순군 주암댐 쪽에 음식과 숙박을 함께하는 산장을 개업했습니다. 무조건 죽기 살기로 열심히 한 덕분인지 이게 대박이 나더군요. 당시 돈으로 3억 5,000만 원을 빌려 한 달 이자만 해도 900만 원이었는데, 3년 만에 완전 다 갚을 수 있게 되더군요.

그리고요?

✦ 그때 번 돈으로 100평짜리 건물 하나를 구해서 매운탕 백숙에 노래방 민박 시설을 함께하는 골망태레스토랑이라는 종합 음식점을 시작했죠. 이것도 6년 동안 재미가 쏠쏠했습니다. 가난의 공포를 완전히 극복했죠. 이모님으로부터 받은 음식 솜씨가 한몫했습니다. 그러다가 이곳으로 오게 된 것입니다.

이곳은 고향이 아닌데 어떤 계기가 있었겠군요.

✦ 네, 복합 음식점을 하던 중 수상한 기미를 읽었습니다. 뭐냐 하면 보성군에 있는 대한다원이나 차박물관에 관광을 오신 분들이 1시간 넘는 화순의 우리 집까지 오셔서 식사하고 숙박하는 것이었습니다. 저는 당시 막 시작되던 인터넷을 통해 우리 레스토랑의 숙박 시설을 홍보하고 있기 때문이기도 한데, 특히 대한다원은 〈여름 향기〉 등 인기 영화를 찍은 장소라서 연간 수백만 명이 방문했었어

요. 그 사람들이 그곳 보성군이 아닌 화순까지 와서 식사와 숙박을 하는 것을 보고 생각했죠. '내가 보성 쪽에 가서 치유 숙박업을 하면 돈을 벌겠구나.'

비용이 얼마나 들었나요? 어떻게 조달하셨나요?

✦ 그런 궁리를 하던 중 2003년이었어요. 화순군에서 주암호 주변을 상수도 보호 구역으로 지정하더군요. 그리고는 주변에 있던 음식점을 철거하면서 보상금을 주었는데, 제게는 6억 5,000만 원을 주더군요. 저는 보성군으로 가서 사업을 하자는 결심을 했고 2003년도에 이사를 와서 2004년부터 펜션 사업을 시작했습니다. 그 당시는 펜션업이 생소했었어요. 제가 전남도에서 가장 먼저 펜션업을 한 것이었고, 아마 전국에서는 세 번째였을 겁니다.

그는 집을 가출하다시피 뛰쳐나온 후 이렇게 하는 일마다 잘 되었다. 인터뷰 중 그 비결을 생각해보니 그는 감각이 탁월한 것 같았다. 예를 들어 지금이야 펜션 형식이 보편화되었지만, 그 당시 생소한 펜션 업종을 개척하여 대중의 니즈를 만족시켰다. 또 인터넷이 보편화되지 않은 시점에 홈페이지를 개설하여 전국으로 음식·숙박업 홍보에 성공한 것은 대단한 감각이었다. 그리고 보성군의 관광객이 화순군까지 와서 숙박하는 것을 가벼이 여기지 않고서 스스로 낯선 보성군으로 이사하여 사업을 일군 추진력은 발군의 사업가 기질이다.

조경 경험이 없던 시절에 1만 5,000평을 어떻게 가꾸셨나요?

✦ 우리 가족이 함께 이루어 냈습니다. 버섯 모양의 황토집을 직접 설계하고 시공하는 일은 쉬운 일은 아니었죠. 공사 중에 전남농업 마이스터대학 2년 과정을 다니며 총 480시간을 배우기도 했습니다. 흙과 기후 변화 그리고 180여 종의 초화류의 성질을 하나하나 다 알아야 했죠. 매년 1억 원 정도의 수익이 발생했는데, 그 모든 수익금을 다시 재개발비로 재투자했죠. 미쳤다는 소릴 들었습니다만 20년을 그렇게 해 왔습니다. 제 아들은 독일에서 승마를 배우고 있는데, 앞으로 승마 체험 코스도 활성화시킬 것입니다.

앞으로는 무엇을 하고 싶으신가요?

✦ 얼마 전 화순군에서 연락이 왔습니다. 화순에는 유네스코로부터 세계문화유산으로 지정된 70만 평의 고인돌 발굴지가 있습니다. 구복규 군수께서 제게 만 평을 줄 것이니 설계부터 정원 가꾸기까지 모든 일을 총괄해 달라고 하시더군요. 저는 이미 30개국을 다니며 좋은 정원과 동굴에 대한 안목을 길러 왔습니다. 올해 제가 61세인데 제 특유의 추진력으로 다시 한번 더 나아갈 것입니다.

대표님의 인생 철학이 궁금하군요.

✦ 태어날 때는 내 맘대로 못 했지만 살아갈 때는 내가 원하는 것을 하고 싶습니다. 보물 정원을 간직한 이 골망태펜션의 비전은 '백

년의 약속'입니다. 후손에게 좋은 흔적을 남기는 것이 저의 꿈입니다. 60년 인생 전반전에는 사람들의 도움을 받으며 살아왔지만 후반전에는 도움을 주고 싶습니다. 1년에 4번씩 헌혈해 온 이 몸도 죽은 후 장기 기증한다고 조선대 병원에 서약했습니다. 평생의 꿈인 이 골망태 정원도 나중에 지역 사회에 기부할 것입니다.

신탁열은 청소년 시절 가수 남진의 「님과 함께」를 부르며 자랐다. '저 푸른 초원 위에 그림 같은 집을 짓고~' 지금의 60대들은 노래에 목이 쉰 적이 있다. 그는 가난하게 시작했다. 그러나 보성읍 한 산언덕에 그림 같은 집을 짓는 꿈을 위해 자신의 생각을 생각했다. 헤아릴 수 없는 밤낮에 꿈 너머 꿈을 꾸었다. 아침편지로 유명한 고도원은 "꿈이 있으며 행복해지고 꿈 너머 꿈이 있으며 위대해진다."라고 했다. 또 "좋은 꿈은 사람을 움직인다. 사람들과 더불어 진화한다." 라고도 했다. 인생이모작기의 신탁열은 다시 화순군 고인돌 발굴지에 '일만 평의 행복정원'을 짓는 꿈 너머 꿈으로 가슴 뛰고 있다.

신탁열의 인생 팁
자신의 삶이 먼 훗날 후손들에게
좋은 흔적이 되도록 살아라.

40대 때 운전대 놓고 흑염소 몰이…
연매출 15억 원 농장 일궈

늘푸른흑염소농장 추교전 대표

귀촌하여 남 눈치 안 보고 사는데 수입도 많이 낼 수 있다면 어떨까? 아마 시골 출신 베이비부머들의 인생이모작 로망일 것이다. 여기 마침 대박 사례가 있다. 젊은 시절에는 넉넉하지 못해 의무 방어전으로 연명하다 귀촌했는데, 지금은 연일 역주행이다. 전남 보성군 노동면에서 흑염소 농장을 하는 추교전 대표. 58세인 그는 40대 중반에 낙향하여 농장을 차렸는데, 지금 사업은 번창하고 열정은 폭발한다. 그에겐 무슨 비결이 있는 것일까?

어떤 일을 하시는지 소개해 주세요.

✦ 저는 흑염소 농장을 운영하고 있습니다. 보성군 청정 지역에서 건강 흑염소를 사육하고, 이를 육가공하여 고기와 엑기스를 판매합니다. 또한 가족과 함께 흑염소 전문 음식점과 카페도 운영합니다.

추교전 대표가 제1 야외농장 언덕에서 풀을 뜯어 먹고 있는 흑염소 떼를 돌보고 있다.

규모는 어느 정도이고, 언제 시작하셨나요?

✦ 전남 보성군 노동면 일대에 3곳의 농장을 경영하고 있습니다. 총 8,000평의 대지에 축사는 800평 정도입니다. 현재는 흑염소 1,200마리를 사육하고 있습니다. 작년에 15억 원 정도의 매출을 보았습니다. 첫 번째 농장은 2010년, 그러니까 제가 45세가 됐을 때

설립했습니다. 저는 인생이모작을 보통 사람들보다 10년 정도는 일찍 시작한 셈이죠. 두 번째 농장은 8년 뒤에 열었고요. 그 후로 농장을 더 증설하고 또 음식점과 카페를 시작했어요.

그를 만나러 간 곳은 '늘푸른흑염소가든'이었다. 보성군 명봉역 인근인데, 그곳에 도착했을 때 완전 시골이란 생각이 들었다. 그런데 가든의 주차장에는 고객의 차량이 10여 대나 주차해 있어 신기했다. 인터뷰 중에도 가게를 찾는 사람들이 줄을 이었다. 이미 TV를 통해 많이 알려진 듯했다. MBC〈생방송 오늘저녁〉, MBC〈테마여행 길〉, MBN〈사노라면〉, KBS〈6시 내고향〉뿐만 아니라 방송인 최불암 씨가 진행하는 KBS〈한국인의 밥상〉에도 방영되었단다.

어떻게 이곳으로 귀촌하게 되셨나요?

✦ 저는 젊은 시절 슈퍼마켓을 운영하기도 했고, 귀촌 직전에는 개인택시를 했습니다. 열심히 일한 만큼 만족스러워야 했는데, 아이들 학비 생활비에 항상 빠듯했어요. 40대가 넘어 도시 생활에 지쳐가고 있었지만 다른 일거리가 마땅치 않았어요. 개인택시 의무 5년이 지나서 또 고민하다가, 키를 던져 버렸어요.

키를 던져요?

✦ 자동차 키 말입니다. 제가 가진 기술이라고는 운전이 전부이다

보니 항상 운전을 중심으로 직업을 생각하게 되더군요. 힘겨운 처지를 비탄해 하던 어느 날, 키를 던져 버린 것이죠. 그런데 신기하게도 키를 놓아 버리니 세상이 환하게 넓어 보입니다. 이상한 경험이었어요. 그 넓어진 시각에서 흑염소 농장을 결심한 것이죠.

어떻게 하필 흑염소에 꽂혔나요?

✦ 인생 진로를 고민하던 어느 날 지인에게서 흑염소 이야기에 듣고는 소름 돋는 느낌이 확 들었어요. '아! 저거다.'라는 생각이 들더군요. 자료를 막 모아보니 흑염소 전문 도축장을 설치하는 등 정부 정책도 좋아지고 있더군요. 그 뒤 무일푼으로 귀촌해 준비했습니다.

준비하고서 버리는 것이 아니라, 먼저 버려 버린 과단성은 미지의 삶에 대한 특유한 영감 때문이었을까, 아니면 운명이었을까? 어쨌든 그는 가족을 먹여 살려준 키를 저 멀리 던져 버렸는데 그 순간 그는 자신을 속박해 온 껍데기가 산산이 깨져 나감을 느꼈다. 새로운 세계에 대한 호기심이 미친 듯이 일어났다. 두근거리는 삶의 출발점이었다.

공부는 어떻게 하셨나요?

✦ 흑염소 사육을 위해 성공한 농장들을 방문해 무조건 배웠습니다. 컨설팅도 받고요. 그리고 체계적인 지식을 쌓기 위해 농업마이

스터대학 흑염소학과에 입학했지요. 그곳에서 2년 동안 사육, 질병 관리, 사료학뿐만 아니라 유통 경영까지 공부했어요. 대학은 국내외 연수 프로그램도 운영하는 등 내실이 탄탄했습니다. 시행착오가 없지 않았지만 이렇게 준비해 산야를 매입하고 축사를 건축하는 등 확장해 왔습니다.

성공 사례를 충분히 공부한 것이 성공 요건이었나요?

✦ 일차적으로는 그랬어요. 마이스터대학, 지자체의 염소협회 등을 통한 자문에 기초해서 사전 계획을 수립했던 것이 도움이 되었어요. 특히 대학에서 미국 염소 박람회 등 국내외 각종 엑스포 연수, 호주 염소 농장 필리핀 염소육종개량 현장 몽골대학 염소 프로그램 연수 및 가공 시설을 방문한 것은 시야를 넓히는 데 최고였습니다.

그리고 또 어떤 비결이 있었나요?

✦ 가족과 함께함으로써 이해관계를 편하게 했습니다. 지금도 아들 딸의 부부, 동생들 총 8명이 함께합니다. 흑염소 패밀리를 구성한 거죠. 그리고 시작하기 전부터 교회나 지인을 통해 주문자 생산 체계를 완벽히 갖추었습니다. 그분들에게 인심을 얻었던 덕분에 사업 전부터 엑기스와 육고기의 주문을 단단히 받았어요. 판로 걱정 없이 시작한 것이죠.

손자병법에 싸울 때는 이겨놓고 싸우라는 말이 있는데, 사업에서 그러한 시스템을 구축하셨군요.

✦ 보통 귀농 귀촌자의 90%가 실패한답니다. 그 이유를 아세요? 대부분 귀가 얇아서 깊이 알아보지 않고 이것 좋다, 저것 좋다 소문만 듣고 뛰어들기 때문입니다. 그리고 생산에서부터 판매에 이르기까지 전 과정을 면밀하게 준비하지 않고 시작하기 때문이죠. 행운의 여신은 요행을 바라는 자에게 절대 가지 않아요.

지인들에게만 판매하는 것은 한계가 있지 않나요?

✦ 당연하죠. 저는 신뢰와 감동으로 답합니다. 즉 원재료부터 제조·유통의 각 단계를 관리하는 해썹(HACCP) 인증을 받아 객관적 신뢰 요소를 구비했지요. 그리고 저 나름의 감동 마케팅을 합니다. 예를 들어 흑염소 엑기스 주문이 들어오면 진액 본 상품에 보태어 마음을 전하는 선물을 제공합니다. 수건, 머그컵, 염소 기름으로 만든 비누, 그리고 보성군에서 나온 기능성 쌀 등 네 가지를 함께 제공합니다. 특히 여성들이 감동하시더군요. 선물 비용만 해도 일 년에 2,000만 원이 넘지만, 단기 수익을 넘어선 경영법입니다.

이 가심비 전략 때문인지 그는 올해 20억 원 이상의 매출을 내다보고 있단다. 13년 전 3억 원을 투자해 시작한 그의 경영법은 들을수록 간단치 않았다. 현재는 수익 구조를 단단히 함을 넘어 이젠 동업자가 된 아들딸 부부에게 돈을 알차게 쓰는 법까지 가르친다.

추교전 대표(앞줄 왼쪽 두 번째)가 지난 3월 부울선교회와 함께 네팔에 가서 일곱 번째 염소 봉사 활동을 하던 중 그곳 마을 지도자와 함께 사진을 찍었다.

앞으로 해 보고 싶은 것은 무엇인가요?

✦ 흑염소 사업을 해외로 확장하고 싶습니다. 네팔에서 해외 선교 활동의 일환으로 시작한 지원을 한 지 7년이 되었습니다. 매년 1,000만 원 이상 지원해 왔는데 곧 필리핀에도 갈 예정입니다. 흑염소가 영양이 좋으니 개도국에 도움이 되지요. 그리고 '인생은 짧다. 오늘이 인생의 마지막 날인 것처럼 멋지게 살자.'가 저의 좌우명입니다. 보성군 노동면희망드림협의체 위원장으로 나눔 봉사도 하고 있습니다. 인생의 변환점을 돌아 일과 가족과 나눔이 함께 하는 삶을 살고 싶습니다.

인생이모작에 어떤 이는 성공하고 어떤 이는 실패한다. 뒤늦게 역주행 중인 추 대표에게는 어떤 강점이 있는 것일까? 그는 사업 정체성을 중심으로 일 기본이 되어 있다. 마흔 중반에 인생이모작을 시작했기 때문인지 그는 일을 두려워하지 않는다. 그만큼 열려 있고 열정적이다. 아산 정주영 회장을 존경한다는 그의 머리에는 일을 통해 호기심을 채우고 호기심으로 다시 인생 도전을 계속하는 메커니즘이 구축되어 있는 듯하다. 어느 날 흑염소 떼를 몰고 북한을 방문할 첫 사람일 거라는 생각도 들었다.

추교전의 인생 팁

인생 후반기에도
삶의 열정이 식지 않도록 관리하라.

농업마이스터대학

2009년 2월 농림축산식품부가 설립한 2년제 평생 학습 전문 교육기관이다. 농업 분야의 최신 고급 기술 지식 및 경영 능력을 갖추고 이를 다른 농업 경영인에게 전문적인 교육 또는 컨설팅을 해줄 수 있는 농업경영인(농업마이스터) 양성을 목적으로 설립되었다.

광역 지자체별로 설립되어 있으며 신성장 품목, 핵심 품목 위주로 학과가 개설되었다. 각 전공은 2년 4학기(32학점, 480시간)로 구성되어 있다. 등록금은 연간 100만 원 이상이지만 총교육비의 70%를 정부가 지원한다. 수료자에게는 정부 정책 자금 지원 혜택도 있다.

여행 가이드, 요트로 방향 전환하며 승부수를 던지다

모두의요트 유현웅 대표

60세까지 참 많은 변화구를 날려 왔다. 이번에는 영화로 인생길을 확장했다. 바로 요트 레저 플랫폼 '모두의요트' 유현웅 대표다. 그는 "인생길 갈아탄 만큼 업그레이드되고, 업그레이드된 만큼 갈아탄다."라고 말한다. 그러나 말이 쉽지, 가혹한 세월도 있었다. '캡틴 유'로 더 많이 알려진 그를 부산 해운대구 우동 수영만 요트 계류장에서 만났다.

최근 영화에 진출하신 이야기 좀 해 주세요.

✦ 저는 2017년 영화 〈돌아와요 부산항애(愛)〉로 데뷔한 적도 있

'모두의요트' 유현웅 대표가 부산 남구 이기대가 뒤로 보이는 광안리 해상에서 요트 세일링 도중 갈매기에 모이를 주고 있다.

지만, 이번 영화 〈아미동〉은 시나리오를 직접 쓰고 제작했죠. 동서대 송진열 교수가 감독을 맡아 주셨는데, 일제 강점기 치욕스러운 역사와 건강한 화해를 주제로 한 25분 단편영화입니다. 일본 와세다대학 주관의 제1회 화해국제영화제 대상에 노미네이트됐고, 올해 한중국제영화제 본선에 진출하는 쾌거를 안았습니다.

마술사와 요트관광업 대표로 더 알려져 있어요. 인생일모작은 무엇이었나요?

✦ 1985년, 22세에 들어간 대학을 휴학하고 시작한 여행 가이드

였습니다. 88 올림픽 때는 특수를 누리면서 여행업의 맛을 느꼈죠. "이 길로 가보자."라는 생각이 들더군요. 2000년 37세 때 드디어 서면 롯데호텔 뒤쪽에 '현쇼핑'이라는 가게를 열었어요. 2002년 아시안게임 때 일본 관광객이 몰려들었습니다. 관광 민예품, 비비크림, 죽염 등으로 엄청난 돈을 벌었어요. 그런데 호사다마라 했던가요. 인생길 완전히 실족할 뻔도 했었어요.

열심히 뛰던 42세 어느 날, 눈을 떠보니 병원 응급실이었다. 알코올 중독. 여행서비스업의 특성상 접대가 잦아 술을 많이 마셨는데 중독까지 돼 버린 것. 그는 입·퇴원을 반복하며 혼돈과 섬망을 겪으며 체중도 15kg이나 빠지는 등 심각한 위기를 맞았다. 하지만 기실 아내의 사랑이 큰데다 애초 정신적 결핍 때문이 아니어서 2년여 만에 털어 내는 데 성공했다.

요트는 그 후의 방향 전환이었나요?
✦ 2006년 정도에는 단주도 할 겸 골프, 경비행기, 승마와 같은 레포츠에 몰입했어요. 그러던 어느 날 돈을 많이 벌 때와 그렇지 않을 때를 생각해보니, 다 트렌드 영향이더군요. 그래서 "트렌드를 선점하자."라고 생각했죠. 요트가 떠올랐어요. 소득 지수가 올라가면 요트가 붐을 탈 것이란 결론에 도달했었어요. 2010년 일본에서 1억 원을 주고 프랑스산 중고 요트를 하나 구해 왔습니다. 그리고 페북

친구들과 'Seeker Yacht Club'을 발족했습니다. 요트로 사업도 일으키고 세계 일주도 하자는 인생 목표를 세운 것입니다. 알코올 의존에서 벗어난 자신감이며 또한 인생 승부수였습니다.

그는 이렇게 47세에 이르러 요트로 인생이모작을 시작했다. 그리고 그의 요트 사업은 좀 다른 점이 있다. SNS에 요트 동호회를 만들어 붐을 일으키는 한편, 요트 위에서 마술을 선보이는 요트 문화를 창출했다.

어떻게 하신 건가요?

✦ 2012년, 49세 때였어요. 일본의 한 파티에서 접한 파티 마술에 매료되어 버렸습니다. 이거다, 싶었어요. 그 후 마술을 배우기 위해 꼬박 1년을 후쿠오카 마법연구회의 히로 유지 선생을 찾아다녔어요. 그는 파티 마술의 대가였죠. 그리고 더 체계적으로 배우고 싶어 51세에는 마술의 명문 동부산대학 매직엔터테인먼트과에 입학했습니다. 워낙 몰입했었기에 1년 만에 한국마술대전에서 특별상을 받았지요.

그는 도구에 의존하는 일본식 마술을 넘어 이른바 멘탈 마술까지 섭렵했다. 현재 그는 현묘한 마술 실력으로 대중 인지도까지 갖추었다. 마술 기량을 요트에 접목함으로써 넘보지 못할 그만의 이미지를 구축하며, 부산에 사는 전국구 인물이 되었다. 마술 재능 기부 공연도 한다.

요트 사업에 접목한, 또 다른 비장의 무기가 있다고 하더군요?

✦ 바다 물길을 바라보고 있던 어느 날 일본의 3세기경 고대 문명이 한반도에서 전해졌다는 역사를 직접 탐사해 고증해 보면 재미있겠다 싶더군요. 그래서 2010년에 '고대해도연구회'를 시마네현 역사학계 사람과 결성했어요. 두 차례의 태풍으로 연기된 우여곡절 끝에, 2015년도에 한국해양대 학생 등 한일 탐사자 30여 명이 탄 통나무배가 안전사고 없이 항해하도록 향도 역할을 했지요. 거제도에서 출발해 대마도 히라카츠까지 52km를 14시간 헤쳐 나가 선조의 해양 루트를 증명했었어요. 언론에도 많이 소개되었어요.

대마도에서 피아노 숲 공연도 하셨더군요.

✦ 그 후 대마도를 자주 다녔는데, 대마도에 있는 삼나무숲을 활용한 교류를 해야겠다는 생각이 들었습니다. 그래서 양국 사람을 모아 한일문화예술교류단을 만들었습니다. 드디어 2019년에는 아웃도어여행사의 고광용 대표와 삼나무숲 250평을 임대해서 '그랜드 피아노가 있는 힐링콘서트 숲과 공연장'을 만들어 한바탕 즐겼습니다. 드라마 〈겨울연가〉의 OST 작곡자 천세영 씨 등 음악인이 50여 명 왔어요. 요미우리 신문, NHK에서도 취재했었죠.

유현웅 대표와 '고대해도연구회' 회원들이 선조의 해양 루트를 탐사하기 위해 거제도를 출발, 일본 대마도까지 항해하고 있다.

요트 사업은 순항하셨나요?

✦ 바람을 상당히 일으켰어요. 그러나 '인생은 나에게 술 한잔 사주지 않았다.'라고 정호승 시인이 말했나요? 인생의 승부수라 생각했던 요트 사업이 좌초되는 위기가 왔었어요. 2019년 일본 제품 불매 운동 여파로 매월 개최키로 했던 삼나무숲 공연은 멈추었고, 코로나로 수영만 요트 관광객도 없어졌어요. 적자, 축소 정리, 대출의 아픔이 계속되었습니다. 알코올 중독 이후 두 번째 시련인데, 3년이나 지속되었죠.

그래서 어떻게 하셨나요?

✦ 멈출 수가 없었죠. 다시 승부수가 필요했습니다. 요트 레저 플랫폼인 '모두의요트'를 시작했습니다. 코로나로 다 나앉게 된 요트 사업자의 7척 요트를 모아서 플랫폼을 만들었어요. 요트 관광이 막혔을 때 오히려 연계를 더 강화한 역발상이었습니다. 현실을 토대로 미래의 트렌드를 읽고, 감(感)을 유지하고, IT 활용법을 익히면서 구상한 것이었죠.

12년간의 요트 운영 노하우를 퍼부어 지금은 분기점을 넘겼습니다. 향후 요트에 연계한 콘서트 숙박 파티 스쿠버 낚시 등을 통해 대중에게 치유 학습 휴양의 장을 제공할 것입니다. 대마도를 왕래하며 즐기는 2박 3일 세일링 프로그램도 준비 중입니다. 예감이 좋네요.

많은 활동을 하시는데 무엇을 이루고 싶은가요?

✦ 마술박물관을 건립하고, 요트 세계 일주를 추진할 계획입니다. 또한 대마도에 근대 가옥을 20년 동안 임대해 예술인의 게스트 하우스와 갤러리를 건립하고자 합니다. 저는 국제탐정협회의 홍보이사이기도 합니다. 살면서 어려움이 있었지만 이젠 삶에 굳은살이 박혔습니다. 고통이 와도, 이겨낸 후의 환희를 생각하며 버텨 낸 시간이 지닌 비밀과 지혜를 가지고 있습니다. 좌고우면하지 않습니다. 버나드 쇼(George Bernard Shaw)의 묘비명에 적혀 있다지요. '우물쭈물하다가 이리될 줄 알았다.' 저의 인생일모작은 여행업이었다면, 이모작은 요트를 중심으로 관광 마술 영화 콘서트 갤러리를 하면서 계속 업그레이드할 겁니다.

유현웅. 그는 낙천적이며 팔뚝 힘이 세다. 중학생 때 유명한 장정구 선수와 함께 극동체육관에서 권투를 배웠는데, 삐끗해 질풍노도의 청소년기를 보냈다. 어릴 때부터 전전긍긍하지 않는 정신 근육이 형성된 듯하다. 또한 유연하다. 장르로 보면 복합장르 혹은 탈장

르 형인데, 뭐랄까? 치고 나가는 힘이 있다. 또 추진하는 사업과 성정이 해양 도시에 알맞고 일본 인맥도 강하다. 무엇보다 트렌드를 자신의 것으로 만들어 풍파와 너울 속을 유영하는 능력 자산이 알찬 사람이다.

유현웅의 인생 팁

트렌드를 읽고 감(感)을 살려
IT를 통해 업그레이드하라.

4부

가슴 뛰는 일을 찾아 연마, 일신우일신(日新又日新)

매일 10km 두 발로 기도하자
새로운 인생이 열리다

걷기 강사 박미애

그녀 나이 61세. 오늘도 걷는다. 누군가는 한평생을 인생길이라고 했고, 인생살이를 길 걷는 것에 비유했지만 그녀는 진짜 걷는다. 걷고 또 걷는다. 올봄에는 120km를 무박으로 걸었다. 그랜드 슬램(Grand Slam) 걷기 2회 달성, 부산갈맷길 2회 완보, 부산시걷기협회 전문 강사로 활동하고 있다. 걷는 것이 좋아 오직 걸어온 여인, 걷기학교 설립이 꿈이란다. 취미가 직업이 된다는 이야기인데, 그녀가 궁금해 만났다.

지금까지 총 얼마나 걸었나요? 그랜드슬램 걷기는 어떤 건가요?

✦ 정확히 알 수 없지만 약 9만km를 걸은 것 같습니다. 올해 1월 1일부터 4월 30일까지 118일 동안 1981km를 걸었네요. 오늘은 11km를 걸었습니다. 저는 매일 10km 걷는 것을 기본으로 합니다. 그랜드슬램은 가장 자랑하고 싶은 기록입니다. 1년 안에 제주워킹대회 250km, 한국 100km 대회, 낙동강 77km 대회, 군산 새만금전국걷기대회 66km 4개를 모두 완주한 것입니다.

박미애 씨가 자신이 다니는 동서대 시니어운동처방학과 학생들과 함께 걷기를 예찬하는 문구를 들고 올바른 걷기 자세로 홍보하고 있다.

놀랍군요. 언제부터 걷기를 하셨나요?

✦ 중학교 때부터 좋아했지만, 본격적으로 걷기 시작한 것은 결혼하고 난 뒤입니다. 경제적으로도 괜찮았고 평온했었어요. 그런데 어느 시점에 시부모님들 병환을 간호해야 하는 상황이 되면서 15년 이상 다니던 교육 관련 직장도 그만두고 집안일에 열중해야 했습니다. 이런저런 이유로 남편하고 갈등이 일어나고, 설상가상으로 특목고 다니던 아이가 일반 인문계로 전학하게 되면서 감당 못 할 만큼 힘든 일이 생기더군요. 아주 많이 힘들었어요. 그래서 한두 번 걷

기 시작했죠. 그러다가 날마다 걸었어요. 죽을 것 같았는데 걷다 보니 살겠더군요. 점점 걷기가 저의 친구가 되었고, 힘들어하는 지인이 있으면 걷기를 권해 함께 걸었습니다.

대개 심각했던 고달픔도 세월 지나면 나아진다. 세월이 약이다. 이모작 인생들은 안다. 그런데 그녀에게는 세월보다 걷기가 더 약이었다. 어느 순간 걸을 때 엔도르핀이 솟아오르는 느낌도 많이 받았다. 걷기야말로 그녀의 '인생 친구'가 된 셈이다.

그러다가 어느 시점에 걷기 전문가로 전환되셨군요.
✦ 네. 그렇게 지인과 함께 걷기에 막 몰입해 있을 때 걷기 전문 대회를 알게 되었습니다. 2017년에 해양수산부와 한국해양재단에서 개최한 해안누리길 종주 대회입니다. 부산에서 통일전망대까지 걷는 4개의 코스 중 저는 포항에서 통일전망대까지 160km를 걷게 되었습니다. 저는 운 좋게 합격했는데, 가보니 전국의 걷기에 일가견

박미애 씨는 2017년 '해안누리길 종주 대회' 참여를 계기로 걷기 전문가로 변신했다.

있는 분이 약 20명 선정되었더군요. 그들과 함께 해안 길을 8일 동안 종주했습니다. 대회 이후 걷기에 대해 자신감 같은 것이 붙었고, 또 무언가 '걷기'를 통해서 좋은 일이 있을 것 같은 예감이 들더군요.

그때가 56세 때이니 이른바 인생이모작으로 접어드는 시점이군요.

✦ 네. 이모작 인생의 시작이며 저의 걷기 인생의 이륙 단계였어요. 사람들 사이에서 저의 걷기가 조금씩 소문이 나기 시작하더군요. 2018년에는 '청춘 도다리 in 부산'이라는 강연 모임에 초청되어 걷기에 대해 '썰'을 풀기도 했고요. KNN 방송의 〈브라보 유어 라이프〉에 출연하기도 했지요. 또 4월에는 강사들의 모임인 한국강연협회는 저를 20년 동안 8만km를 걸은 사람으로 소개하며 강의를 요청하더군요. 2019년 부산국제갈맷길대회 때는 장거리 걷기에 관해 인터뷰하는 것이 KNN을 통해 생방송으로 중계되기도 했었죠.

이른바 '걷기계(界)'의 아이돌로 뜨는 과정이었군요. 가장 즐기는 코스는 어딘가요?

✦ 저는 맨발로 걷는 것을 아주 아주 좋아합니다. 부산갈맷길 8-1구간의 오륜대 황톳길, 5-1구간의 명지 소나무길이 너무 좋더군요. 배우 하정우가 말했던가요? '걷기는 두 발로 하는 기도'라는 말이 맨발로 걷다 보면 실감 납니다. 최근에 지인의 암이 재발해 더욱 간절한 마음으로 기도하며 걷고 있습니다.

지금은 걷기 관련 학과의 대학생이 되셨다고요?

✦ 네, 전문성을 쌓아야겠다고 생각하고 있을 때 기회가 되어 2020년에 동서대학교 시니어운동처방학과에 입학했습니다. 교육부 평생 교육 사업 대학이라 전액 무료입니다. 20대에 다녔던 대학과 다르게 나의 필요와 즐거움을 추구하며 다니다 보니 참 재미있습니다. 이곳에서는 스포츠 종목에 관해 전문 및 생활 체육을 지도하는 스포츠지도사 자격증을 취득할 수 있습니다. 또 건강운동관리사 자격증을 취득할 수도 있어요. 건강 증진 및 합병증 예방을 위해 치료와 병행해 운동이 필요한 사람에게 의사 또는 한의사의 의뢰를 받아 운동 수행 방법을 지도·관리하는 전문가 자격증입니다. 이미 각 운동 분야 준전문가급 수준의 사람, 운동 관련 일을 제2의 직업으로 가지기를 원하는 분, 건강에 관심 있는 분이 다닙니다. 교수님의 이론과 우리들의 현장 경험이 어우러진 멀티형 신학습 시스템이라 보면 되지요.

사람에게는 세 번의 기회가 온다는 말이 있지만, 사실이 아닌 것 같다. 주변에 둘러보면 기회를 10여 번 맞는 사람도 있다. 준비된 사람은 그러하다. 박미애는 지금도 걷기에 관련된 모든 교육, 행사에 빠짐없이 참여한다. 심리학자 미하이 칙센트미하이 (M. Csikszentmihalyi)의 용어로 치면 걷기에 관한 '몰입의 즐거움'에 빠진 것 같은데 어쨌든 걷기 지도자로 뼈가 굵어져 왔다. 고달픈 삶을 해소하고자 시작했지만, 삶의 기회로 연결되는 길에 접어들고 있다.

인생이모작이 흥미롭군요. 앞으로 어떤 미래를 구상하고 계신가요?

✦ 걷기학교를 설립하고 싶습니다. 건강에는 걷기가 기본인데, 대개 사람들은 걷기를 왜 배워야 하는지 의아해합니다. 그러나 팔자걸음, 안짱걸음 등 올바르지 않은 방법으로 걷는 사람이 많죠. 올바른 걷기를 한다면 건강에 많은 도움이 됩니다. 그리고 다양한 걷기 코스를 개발하고, 건강한 걷기 문화를 조성하는 데 일익을 담당하고 싶습니다. 걷기에 관한 모든 것을 망라하는 학교를 운영하고 싶습니다.

정말 특별하군요. 그리고요?

✦ 너무 많습니다. 특히 저는 장거리를 많이 걷습니다. 제가 말하는 장거리란 50km 이상을 말하는데요. 장거리는 우리의 인생과 똑같다고 할 수 있습니다. 힘든 일이 있을 때 걷다 보면 해결되기도 하죠. 장거리에서 많은 것을 깨닫는답니다. 저는 장거리 걷기를 체계적으로 가르치는 일을 하고 싶습니다. 그리고 걷기를 매개로 삼아 물질적 도움이 필요한 곳에 자동으로 연결되는 기부 시스템도 구상 중입니다. 최근에는 영어 공부도 열심히 하고 있습니다. 해외에 나가서 걷기로 봉사할 계획이 있기 때문입니다.

사람은 길을 따라 걷는다. 하지만 선구자는 걸어서 길을 만든다. 그녀는 걷기를 통해 그녀의 인생길을 개척하는 경지에 오르고 있다. 대박의 조짐이 보인다. 메인 스트림을 탔기 때문이다. 걷기를 신앙적으로 하고 있다는 배우 하정우의 책을 보니, 애초 '인간'은 티베트어로 '걷는 존재', '걸으면서 방황하는 존재'의 의미를 담고 있다고 한다. 걷는 존재 인간은 걷기를 통해 자신을 재확인할 수 있다는 말은 과장이 아니다. 당연히 어떻게 살 것인가도 밝혀갈 수 있다. 그녀는 인생이모작의 자신을 '로드 코치'로 불리길 원한다. 그녀가 말하는 로드는 인생길 의미도 함축돼 있음이 분명하다. 그녀는 이 시대 취미가 직업이 된 '하비프러너(Hobby-preneur)'의 좋은 사례다.

박미애의 인생 팁

좋아하는 일을 즐겨 보세요.
기대치 않은 직업 세계가 열려요.

걷기 관련 명언, 책, 앱 추천

● 걷기 관련 명언

- 약으로 고치는 것보다는 음식으로 고치는 것이 낫고, 음식으로 고치는 것보다는 걷기를 해서 고치는 것이 낫다.(허준)
- 진정 위대한 모든 생각은 걷기로부터 나온다.(프리드리히 니체)
- 어딘가에 도착할 필요가 없는 걸음은 정신 집중, 기쁨, 통찰력, 살아있음을 깨닫게 한다.(틱 낫한)
- 땅을 걷는 것은 나를 이 세계와 화해하게 해 주었다.(베르나르 올리비에)
- 걷기는 사람의 마음을 가난하고 단순하게 만들고 불필요한 군더더기들을 털어낸다.(다비드 르 브르통)
- 걷기는 나 자신을 아끼고 관리하는 최고의 투자.(하정우)
- 걷는다는 것은 살아있음의 박동이다. 두둥, 두 발이 지구북을 두드린다. 심장이 뛴다. 살아있다. 걸어야겠다.(박창희)

● 걷기에 관한 읽을만한 책

- 『걷기의 기쁨』(박창희, 2022)
- 『그냥, 2200km를 걷다』(김응용, 2021)
- 『걷는 사람, 하정우』(하정우, 2018)

- 『최고의 휴식』(구가야 아키라, 2017)
- 『내가 달리기를 말할 때 하고 싶은 이야기』(무라카미 하루키, 2016)
- 『나는 걷는다』(베르나르 올리비에, 2004)
- 『걷기예찬』(다비드 르 브르통, 2002)

● 박미애가 추천하는 걷는 사람들을 위한 앱
- 트랭글: 사용자가 어느 정도의 속도로 걷는지 스스로 확인할 수 있어서 운동으로 걷기를 하려는 사람에게 추천한다. 사용자의 모든 기록을 저장할 수 있기에, 자신의 걷기 기록을 누적하여 참고할 수 있다.
- 워크온: 부산의 보건소 등 공공 기관에서 단체로 많이 사용하는 앱이다. 각 구청에서 하는 행사 등 걷기에 관한 정보도 안내한다.

사업도 뒤로하고 도심 오지 정착, 마을 공동체에 희망 심다

마을 지도자 신공열

젊었을 때 레스토랑을 운영했다. 장사가 잘되다 보니 건물주가 탐을 내어 그만둘 수밖에 없었다. 다른 곳으로 옮겨 음식점을 하다가 56세에 접었고, 부산 사상구 괘법동 괘내마을에 들어와 건축 일을 시작했다. 이것이 지역 공동체 일을 하게 된 계기다. 현재 76세. 이제 괘내생태문화마을 지도자로 꽤 알려졌다. 체험 텃밭을 가꾸고 스마트팜 사업을 하며 공동수익사업도 하고 취약 계층을 돌본다. 더불어 함께하는 진짜 행복을 누린다는 그를 멘토 격인 조정순 교수와 함께 자리했다.

부산 사상구 괘내마을 스마트팜 농장에서 신공열 주민협의체 회장이 재배 중인 채소의 생장 상태를 꼼꼼하게 살펴보고 있다.

인생이모작에 대변신을 하셨군요. 현재 직함은 무엇인가요? 이곳의 위치는 어디인가요?

✦ 괘내마을 도시재생 운영위원장, 괘내마을 주민협의체 회장입니다. 그리고 괘내생태마을 마을관리사회적 협동조합 이사장입니다. 사람들은 괘내리보다는 괘법동을 더 많이 알지요. 우리 마을은 경부선 철도 사상역과 신라대학교 아래의 백양대로 언덕 사이에 있습니다. 인도도 없는 폭 3m의 굴다리가 마을의 유일한 출입구입니다. 잘못된 도시 계획으로 피해받는 대표적인 곳입니다.

인생일모작 때에는 음식점을 경영하셨군요.

✦ 30대 초반부터 사상터미널 쪽에서 했는데 아주 좋았어요. 돈가스, 함박스테이크를 주종으로 했지요. 늘 호황이었습니다. 문제는 너무 잘되다 보니 건물주로부터 비워달라는 통첩을 받을 때부터였어요. 그 후 경성대 앞에서 150평 규모의 음식점을 3년 정도 하다가 괘내마을에 들어와 빌라 건축 사업을 시작했습니다. 이것이 공동체 운동으로 연결되었습니다.

공동체 운동으로 전환된 과정을 더 설명해 주세요.

✦ 이 괘내 지역은 지금도 그렇지만 당시 완전 오지였습니다. 2002년 당시에도 도시가스가 들어오지 않는 지역이었어요. 그래서 도시가스 선이 인입되도록 주민 운동을 했습니다. 우여곡절 끝에 6년 만에 성공했습니다. 저는 애초 경제적 목적으로 빌라를 짓고 도시가스를 넣고자 했는데, 그 일을 하다 보니 경제적인 것을 넘어서 소외당한 사람이 눈에 들어오기 시작하더군요.

공동체 삶, 인생이모작의 시작이었군요.

✦ 그렇죠. 이 사람들과 함께해야겠다는 생각이 들기 시작했습니다.

대화하다 보니 '난쏘공'이 떠올랐다. 소설 『난장이가 쏘아올린 작은 공』은 작가 조세희가 1978년 발표했던 당시 대학생 필독서. "난장이의 신체적 불구성을 통해서 시대적 불구성을 표현했다(이세기)."라는 극찬을 받으며 연극 영화로 만들어졌으나, 당시 금서로 딱지 붙었었다. 1970년대의 도시 빈민의 어둠을 그토록 사실적으로 표현한 소설이 없었다. 물론 꽤내마을은 '난쏘공'과 시대 배경이나 심각성에서 현격한 차이가 있다. 하지만 저 앞 경부선 철도만 없다면 5분 만에 접근 가능한 사상역 앞의 번쩍이는 도심과 너무 대조되는 낙후함을 보고 얼핏 든 생각은 어쩔 수 없었다.

그때가 몇 세 때였나요? 어떤 활동을 하셨나요?

✦ 2009년 63세였어요. 제일 먼저 굴다리 문제를 풀어 보자고 나섰습니다. 말씀드렸듯이 250여 가구가 살고 있는 이 마을은 경부선 철도 지하에 폭 3m 굴다리 하나가 유일한 외부 출입로입니다. 굴다리를 차량이 오갈 수 있도록 2차선 넓이로 만들자는 것이 오랜 소원이었습니다. 정말 많은 애를 썼지만 80억 규모의 예산을 만들지 못했는데, 요 몇 년간은 경부선 철도 지하화 계획이 나오면서 논의 자체를 못 하는 상황이 되어 버렸습니다.

그럼 요즘은 어떤 활동을 하시나요?

✦ 지난 3월에는 사회적 협동조합을 설립했습니다. 도시 재생 사업을 하기 위해서입니다. 경성대 팀이 2019년부터 이 마을에 96억 규모의 도시 재생 사업을 추진하고 있습니다. 내년까지 한다고 하

는데, 우리 조합은 그 후 마을이 자생적으로 발전할 수 있도록 할 것입니다.

협의체 활동도 많으시다고요?

✦ 사상구(괘내마을도시재생현장지원센터)가 이 지역을 대상으로 도시 재

신공열(가운데) 회장이 마을 주민, 자원봉사자와 감자 밭 김매기를 하다가 잠시 쉬는 시간을 이용해 기념 촬영을 하고 있다.

생 계획을 수립하고 시행할 때, 주민 입장을 대변하는 협의체를 이끌고 있습니다. 요 몇 년째는 마을 텃밭 가꾸기에 집중하고 있고요. 마을에 400여 평의 공터가 있었습니다. 이곳을 마을 주민과 함께 생태 텃밭으로 가꾸고 있어요. 항상 주정차 차량과 무단 투기한 쓰레기가 난무했는데, 이제 이 동네에서 제일 자랑할 만한 장소가 되고 있습니다. 40년 동안 서로 모르고 지내던 주민이 배추와 무를 함께 기르며 화목하게 지내고 있지요. 채소를 팔아 번 수익은 이웃과 공유하니 마을 전체가 행복합니다.

그를 따라 둘러본 마을의 텃밭은 생기가 가득했다. 예전엔 쓰레기, 자갈이 뒹군 곳이었다고는 전혀 생각 못 할 정도였다. 마을은 몰

라보게 밝아졌다. 그가 공동체 활동을 시작한 지 얼추 13년이다. 배추 엽채류 새싹 등 수확한 농작물을 마을 250여 전체 가구뿐만 아니라 이웃 덕포동에 보내기도 했다. 약간의 수익을 주민의 노동 수고비로 지불할 수 있는 자활 체계도 구축되었으니 보통 일이 아니다.

대도시에서 쉬운 일이 아닌데 어떻게 가능했을까요?

✦ 아마 주민 협의체를 체계화시키고 인화를 소중히 했기에 가능했던 것 같습니다. 주민 협의체를 환경안심분과, 오아시스분과, 행복충전분과로 나눠 운영하고 있습니다. 환경안심분과는 자율 방범대를 운영하며 마을 안전을 강화하는 일을 합니다. 오아시스분과는 체험 텃밭 사업을 하면서 주민을 결집해 오수 차단 배관 공사도 하고 배수로도 만들고, 또 호미를 들고 밭고랑에서 함께 일합니다.

구청 도시재생지원센터의 헌신도 도움 되었습니다. 부산테크노파크 지원으로 시작한 스마트팜에서도 새싹 인삼, 엽채류가 자라고 있습니다. 이 사업은 도시 재생 교육, 수경 재배 교육과 함께 추진됩니다. 세상이 변화되고 있음에 대해 교육받고, 인화 속에서 즐거운 공동체 활동을 하면서 약간이나마 물적 이익과 즐거움을 나누다 보니 웃을 수 있게 되었네요.

설명하는 신 이사장의 얼굴에 즐거움이 배어 나왔다. 디지털 열쇠를 꼭 잠그고 살아가는 도시에 공동체 정신을 심을 때는 어려움도 많았을 것이다. 소설『난장이가 쏘아 올린 작은 공』에서 공은 희망을 뜻한다. 사람들은 작은 공을 하늘에 필사적으로 쏘아 올린다. "하늘 높이 오른 저 공은 꿈을 이루지 못한 채 땅을 향해 돌아오겠죠. … 작은 이 공을 우린 이제 다시 쏘아 올려야지. 절망의 반복이 언젠가 저 희망이 될 테니."

보컬 그룹 '더 크로스'가 노래한 것처럼 이 마을의 작은 공은 곧 희망의 표상이 될 듯도 하다. 신공열은 공동체 운동을 소리 높여 외치는 타입은 아니다. 오히려 낯가림하는 사람으로 보인다. 그러나 늘 이익을 나누면서 곰살맞게 대화하고 솔선수범해 왔다. 그러니 그가 이제까지 가꾼 것은 채소 체험 텃밭만이 아니라, 인화를 바탕으로 한 '신뢰 체험 텃밭'이었던 것 같다. 인생이모작 시기의 사람들이 활동하는 단톡방에는 인생에 대한 지침 글이 유난히 많다. 어떻게 사는 것이 성공적일까? 욕심을 비우고 포용하며 이타적 생활을 실천하는 것. 신 이사장의 논법으로 보면 간결하다.

신공열의 인생 팁

인생이모작의 행복은
더불어 함께하는 데 있다.

부산 지역 도시 재생 뉴딜 사업

도시 특정 지역 도로, 주요 건물 등 기반 시설을 개선하고 주
민들의 역량을 강화함으로써, 주로 구도심 공동체에 활력을
일으키는 사업이다. 지역의 특성, 사업 규모에 따라 5가지 유
형이 있다. ①소규모 주거지를 대상으로 하는 우리 동네 살리
기형 ②주거지를 대상으로 하는 주거지 지원형 ③주거지와
골목상권이 혼재된 곳을 대상으로 하는 일반근린형 ④도시
의 원도심 상권을 재생하는 중심 시가지형 ⑤경제적 쇠퇴가
심각한 지역을 대상으로 하는 경제기반형이다.
여기서 괘내마을은 우리 동네 살리기 유형에 해당한다. 사상
구는 외부와 단절되어 있을 뿐 아니라 주거시설의 노후화, 인
구 고령화에 직면해 있는 괘내마을에 '괘내생태문화마을'이
라는 비전을 만들었다. 현재 순환형 공공 임대 주택 조성, 노
후 주택 정비 사업을 추진하고 주민의 자생 역량을 북돋우기
위해 도시 재생 대학도 운영하고 있다.

초밥에 빠진 교수님,
50대 주방 막내로 취업해 오너 셰프로

허교수스시 오마카세 허동한 오너셰프

삶에서 정말 중요한 것은 무엇일까? 답하기 어렵지만, 은퇴기에 접어들면 다시 생각하게 된다. 은퇴기란 어떤 기준으로 인생을 살 것인지를 질문받는 시기이다. 이 질문에 '원하는 일을 하는 것'이 중요하다며 과감하게 슈팅한 이가 있다. 나이가 더 들면 주저하게 될까봐 정년퇴직 전에 존경받는 직업을 내 던졌단다. 그리고 시작한 것이 초밥집. 인생 후반기 삶의 방향성을 찾는 이들에게 도움이 될 것 같아 이 사람을 만났다.

안녕하세요. 자신을 소개해 주시겠어요?

✦ 저는 '허교수스시 오마카세'의 오너셰프 허동한입니다. 해운대 엘시티 상가 2층에 있고요, 일본인 셰프와 함께 매일 다른 10여 가지의 정통 에도마에 스시를 제공해 드리고 있습니다.

오마카세(おまかせ)는 '타인에게 맡기는 것'을 공손하게 표현한 말로, 주문할 음식을 가게의 셰프에게 일임하는 것을 말한다. 일종의 주방장 특선이다. 안내를 받아 들어간 가게는 일본식 미니멀리즘 실내였다. 최대 12명이 셰프의 설명을 들으며 스시를 음미할 수 있도록 바 형식 테이블로 구성되어 있었다.

요즘 한국에는 오마카세가 인기를 타고 있습니다. 여기는 어떤 특징이 있나요?

✦ 저는 정통 에도마에 스시를 추구합니다. 일본의 스시는 에도마에 스시와 간사이 스시로 나누어 그 차이를 말합니다. 에도마에(江戸前)는 단어 상으로는 '도쿄 앞바다 스타일'을 말하는데, '손으로 쥔다'는 뜻의 니기리 스시 형태가 주종을 이루고 있습니다. 밥알 하나하나의 개성을 살려 한입에 들어갈 크기의 샤리(밥)를 손으로 만들죠. 반면에 간사이 스시는 샤리를 주물러서 압축하여 쫀득쫀득한 식감의 보우스시(봉스시)나 밧테라(틀 안에 샤리와 네타를 넣고 압축한 스시. 하코스시) 스타일입니다. 저의 스시는 손으로 쥔 다소 꼬들꼬들한 밥 위에 네타(생선)를 얹어 만듭니다. 네타는 생선에 따라 차이가 있습

니다만 대개 3~5일 정도 숙성시킵니다.

다른 초밥집과 어떤 점이 다른가요?

✦ 저는 기본에 충실하려고 합니다. 저는 도쿄 긴자에서 배운 정통 에도마에 스시 방식을 고집하고 싶습니다. 부산에 정통 에도마에 스시 전문집이 있더라는 이야기를 듣고 싶습니다.

허동한(오른쪽) 오너셰프가 고객들에게 정통 에도마에 스시의 네타와 샤리에 대해 설명하며 맛있게 즐기는 법을 안내하고 있다. 허 셰프의 왼쪽은 일본인 요시하라 셰프다.

일본에서 대학교수로 활동하셨다던데 어떻게 된 건가요?

✦ 저는 후쿠오카현립대학 공공사회학과 교수로 재직했습니다. 노동경제학 사회보장론 등을 강의했었죠. 연구 강의도 열심히 했지만 사회 활동도 많이 했습니다. 지자체의 정책전략위원회에도 소속되어, 지방 도시의 인구 감소와 고령화를 극복하는 정책을 제안하기도 했죠.

오너셰프 허동한은 사실 뼛속까지 교수였다. 일본에서 박사 학위를 받고 33세이던 1998년 규슈국제대 교수가 되었다. 그리고

2008년에는 귀국하여 명지대 교수로 재직한 적도 있었다. 그런데 일본에 자리 잡은 가족들이 함께 귀국하지 않자, 할 수 없이 2015년에 다시 일본으로 가 후쿠오카현립대 교수가 되었다 한다.

교수로 재직할 당시에는 어떤 타입이셨나요?

✦ 교육 연구 활동도 했지만, 학생들의 학술 교류에도 힘을 기울였습니다. 규슈국제대에 있을 때인 2000년에는 한일 양국 대학생들의 학술 교류를 촉진하기 위해 '한일청년포럼'을 만들었죠. 올해까지 양국의 12개 대학이 참여하여 25회째 계속되고 있으니 미래 세대 교류의 디딤돌을 놓았다는 자부심이 있습니다.

허동한 교수가 2018년 한일청년포럼을 한양대학교에서 개최한 뒤 한일 양국 대학생들과 기념사진을 찍었다.(맨 앞줄의 선글라스 낀 이가 허 교수)

그런데 어떤 계기로 스시를 시작하신 건가요?

✦ 저는 교수로서 충실했죠. 그런데 요리를 좋아했던 저에게는 정년퇴직 후 스시집을 해 보고 싶다는 꿈이 있었어요. 그래서 후쿠오카현립대 교수가 된 후 1년쯤 지나서 후쿠오카에 있는 요리 학원의 스시 주말반을 슬금슬금 다녔습니다. 1년 코

스였죠. 오전 9시부터 오후 3시 정도까지 진행되는 프로그램이었습니다. 그런데 웬걸, 이게 하다 보니 미지의 세계에 대한 흥미가 더해져 억수로 재미있더군요. 그래서 방학이면 슈퍼마켓의 선어 코너에 아르바이트 자리를 구해 들어갔습니다. 생선 손질 경험을 더 하고 싶었기 때문이에요.

교수님으로서는 일탈이군요. 손질법 쌓는 것이 그렇게 중요했나요?

✦ 매우 중요해요. 스시 장인이 되기 위해서는 무엇보다 생선 배를 많이 갈라보고 손질하는 것이 제일이죠. 그런데 실제 음식점 주방에서 누가 저 같은 '신뼁'에게 기회를 주겠어요. 그래서 슈퍼마켓을 간 거죠.

그리고요?

✦ 그리고 점점 빠져들던 중 2020년 코로나가 덮쳤어요. 이때 몸에 무리가 오더군요. 힘이 많이 들었어요. 그래서 65세 정년퇴직 후에 스시집을 시작하면 체력 땜에 죽도 밥도 안 되겠다 싶더군요. 의욕도 약해질 것 같고요. 그래서 더 일찍 시작하자는 결론을 내렸어요. 2022년 고심 끝에 24년간 몸담아 온 교수직을 던져 버렸습니다. 57세였죠. 아쉬움요? 전혀요. 그리고 도쿄 긴자에 갔습니다.

'어른 대접' 받는 교수직을 던지고 주방으로 향한 인생 전환. 쉬운 일이 아니다. 통념도 나이도 그러했다. 하지만 그에게는 원하는 일을 한다는 기준만이 중요했던 것 같다. 일본의 알아주는 공부 전문가인 와다 히데키는 나이 들면서 무엇보다 경계해야 할 것은 의욕 감퇴라 했다. 또한 50을 넘기는 사람은 동기 강화를 위한 자기 관리가 별도로 필요하다고 했다. 허 셰프는 그러했다. 스스로 동기를 강화했고 세월을 당겨 뛰어들었다.

도쿄 긴자의 생활이 시작되었군요.

✦ 스시 기본을 더 다져야겠다고 생각했습니다. 도쿄의 스시학교 코스에 거금을 주고 등록했죠. 오후 3시까지 배우고선 긴자 중심지의 고급 스시집으로 갔습니다. 밤 10시 넘어까지 아르바이트로 일하며 도쿄 스시 업계 밑바닥을 배웠죠.

보람도 있지만 고된 행군이었겠네요.

✦ 체력이 문제였지만 그보다는 24년간 교수직으로 있으며 나도 모르게 형성되었던 '교수라는 때'가 더 문제였습니다. 주방 안의 인간관계 역학은 상식적이지 않았어요. 짬밥 순서로 위계질서가 아주 심했어요. 제가 나이는 제일 많았지만, 짬밥이 적으니 저보다 10살, 20살 어린 고참들의 '부당한' 지시도 다 감내해야 했죠. (어떻게 했냐고요?) 스시를 배우기 이전에 제 온몸에 붙어 있는 '교수라는 때'를

제거해야 한다고 생각했어요. 그래서 마인드 컨트롤을 했죠. 매일 새벽 일어나면 '나는 교수가 아니다', '나는 배우는 사람이다', '무조건 내가 잘못했다' 등, 내가 대단한 존재가 아님을 큰소리로 외치며 때를 벗겼습니다.

낯선 세계. 50대 후반 교수 출신은 주방의 뒷마당에서 무조건 고개를 숙여야 했다. 손에 쥔 밥알 숫자를 정확히 알 때까지 배우며 상한 자존심. 뼈를 깎는 고통이었다.

이곳은 언제 개업했나요?

✦ 올 3월입니다. 사실 올해 연말까지는 도쿄 긴자에서 스시 공부를 더 할 계획이었죠. 근데 작년 말께 어머님의 건강이 좋지 않아 급하게 부산으로 돌아왔습니다. 그러다 보니 계획보다 1년 정도 빠르게 저의 스시집을 가지게 된 거죠. 2016년에 스시의 세계에 입문하여 '음지'에서 보낸 세월이 7년이네요(웃음).

한 편의 드라마군요. 가족들의 반대는 없었나요?

✦ 처음 아내와 형님은 반대하셨지만 이제 가장 든든한 우군이 되셨죠. 그러나 노모께서는 일본의 대학에 교수였던 자랑스러운 아들이 밥집을 한다는 상황을 받아들이지 못하십니다. 그러나 저는 교수와 스시 일이 동일하다고 생각합니다. 학생들에게 전공 지식을

잘 가르쳐 그들이 감동하는 것이랑 맛있는 스시에 고객들이 감동하는 것이랑 본질은 같다고 봐요. 앞으로 15년은 에도마에 스시의 기본에 충실한 맛을 계속 살리고 싶습니다.

　스시는 기본적으로 상미 기간이 짧다. 그렇기에 신선한 활어 수급선이 좋은 부산은 외지의 스시 미식가를 끌어당길 수 있는 최고의 도시다. 이곳 출신 허동한은 인생 후반기의 좌표를 '스시 장인'으로 설정했다. 이를 위해 평판 좋은 직업도 내던졌다. 그리곤 피터 드러커의 말처럼 제일 중요한 하나에만 집중했다. 타성에 젖음을 경계하고 일로 만나는 새로운 사람들과의 새로운 인연으로 설레어 왔다. 뼈를 깎듯이 전념했다. 그런 덕분인지 이제 그가 설정한 목표가 신비한 힘을 발휘하기 시작한다. 인생 후반기의 방향성에 고민하는 사람들, 성공 가능성에 불안해하는 이들에게 그는 빛나는 나침반이 되고 있다.

허동한의 인생 팁
타성에 젖지 말라.
진짜로 원하는 일을 찾아 과감히 뛰어들어라.

족집게 논술 돈벌이에 회의…
학원 접고 문화살롱 열다

문화 공간 빈빈 김종희 대표

2022년 부산국제영화제(BIFF)는 대성황이었다. 영화제 포스터에 담겨있는 한 여인도 화제였다. 백사장에 서서 바다를 응시하는 여인. 알고 보니 문화 공간 '빈빈'의 김종희 대표였다. 만 55세. 엄밀하게는 인생이모작 나이가 아니다. 하지만 결혼해 시부모 봉양, 아이 양육을 도맡았으며 치열하게 경제 활동을 하다가 지금은 다른 업으로 갈아탔으니, 이모작이 아니라 할 수도 없다.

지금 문화살롱을 운영하고 계신다고요?

✦ 네. 2010년부터입니다. 사람의 이야기가 풍경이 되는 문화 공

간입니다. 커피, 와인을 마시며 문학 음악 그림 영화 등 다양한 장르 속 인간에 대해 이야기를 나눕니다. 며칠 후인 오는 31일에는 '음악으로 듣는 그림, 그림으로 보는 음악'이라는 테마로 서양화가 류동필과 감성 보컬 한가비의 콜라보 콘서트를 개최합니다.

문화 공간 빈빈 김종희 대표가, 본인이 모델이 된 2022년 부산국제영화제(BIFF) 포스터를 배경으로 포즈를 취하고 있다.

김종희는 부산 울산 경남지역의 최고 인문학 강사로 알려져 있지만, 실상 부산 수영구 KBS 인근에 있는 문화 공간 빈빈의 운영자다. 공간조형예술연구소 박태홍 대표가 실내를 디자인한 빈빈에는 인문사회학책이 빼곡하게 차 있었다.

문화 공간 빈빈 설립 이전에는 어떤 일을 하셨나요?

✦ 1997년에 논술학원인 김종희교육연구소를 차린 것이 인생일 모작의 시작이었습니다. 이게 대박이 터지더군요. 1996년부터 서울대 등 상위권 대학이 논술 입시를 시작했었죠. 저는 어떻게 하다 보니 서울대 예상 문제를 적중시켰고 이게 소문이 나서 특목고에 아이를 보낸 부모님들이 몰려오시더군요. 서면 교보문고 쪽에서 연구소를 했어요. 12년 정도 했는데 '군자금'을 많이 모았죠.

준비 없이 시작하신 건 아니었지요?

✦ 그럼요. 사실 치열한 삶과 글쓰기 훈련의 결과였죠. 저는 결혼과 거의 동시에 시부모 두 분의 병시중을 들었는데, 8년 동안 대소변을 받아내는 가혹한 세월을 견뎌낸 내공이라 생각합니다. 현실을 긍정해야 했어요. 아이들을 잘 키워야 했고 내가 선택한 삶이었기 때문입니다. 저는 고통을 견디기 위해 글쓰기에 매진했습니다. 그런데 시아버지께서 돌아가시고 시어머니는 요양원으로 가시면서 경제 활동을 해야 했습니다. 그래서 저의 장기가 되어버린 글쓰기를 살려 논술 학원을 낸 것인데, 대박이 난 거죠.

인생은 알다가도 모를 일이다. 고통스러운 신혼 생활을 견디기 위해 빠져든 글쓰기가 그녀를 신춘문예에 당선시켜 수필가로, 부산 논술학원계의 '미다스'로 만들었으니. 어쨌든 33개 논술 입시를 치르는 대학의 시험에 나올 지문을 족집게처럼 맞추는 일이 연거푸 일어났다. 또한, 점수를 획기적으로 올리는 두괄식 기술법이란 응답법을 창안해 실력을 톡톡히 보여주었다.

인생 전환이었군요. 행복하셨겠어요?

✦ 그런데 양가감정이 일어나더군요. 족집게 강사로서 수입은 좋았는데, 어느 시점, 부끄럽다는 생각이 들기 시작했습니다. 계속하다 보니, 학부모의 절실한 약점을 건드려 수익을 취하는 것이 옳은 것이냐는 회의감이 들더군요. 그 생각이 깊어진 2009년, 12년 만에 아까운 생각 하나도 없이 접어 버렸습니다.

반전이군요. 그 뒤 설립한 것이 빈빈인가요? 인생이모작이군요.

✦ 연구소를 운영할 때 '아내나 엄마가 아니라, 순수한 김종희는 누구인가.'라는 생각을 많이 했습니다. 그 결과 만들어진 것이 빈빈입니다. 베이비부머들은 일할 때는 치열하지만 자기를 잃고 삽니다. 그래서 소소한 일상과 결합한 인문과 예술을 논하며 노는 공간을 만들고 싶었습니다. 그래서 박문현 교수님에게 철학 석사 공부를 하고, 영남대에서 미학미술사학 박사 코스를 거쳤습니다. 또한, 문화원을 만든 것이죠.

어떤 프로그램을 운영하고 있나요?

✦ 매우 많습니다. 예를 들어 공모사업인 '구술 생애사로 경험하는 인문학', 6개 교정 시설 수형자 대상 인문학 사업인 '나는 날마다 신화를 꿈꾼다', 12개 정신장애 시설과 함께한 '삶이 내게 말을 걸었다' 등 다년에 걸쳐 프로그램을 운영해 왔습니다. 또 '중년의 인문학', '일상으로 스며드는 인문학'이라는 동양 고전 강독도 운영했고, '그림으로 읽는 인문학'도 했지요. 유병근 선생님의 제자로 구성된 '드레문학회 목요문학방'의 15년째 근거지입니다. 17명의 회원 모두가 등단하고 창작 열정을 태우고 있죠. 공광규, 고두현 시인도 오셨던 '문학 콘서트'도 있습니다. '다양성 포럼' '남천 문화 포럼'도 여기서 펼쳐지고 있고요. 문화유산을 답사하는 '청바지'도 자랑하고 싶습니다.

김종희 대표가 문화 공간 빈빈에서 다양성 포럼 2022년 10월 정기 세미나를 마치고 회원들과 기념사진을 찍고 있다.

그 외에도 알찬 프로그램이 많았다. 관광객이 수없이 들고나는 불꽃 도시에도 생활 속 골목 문화 공간의 욕구가 있기 마련이다. 저마다 애틋한 일생과 일상을 문예 도반과 함께 다지자는 욕구는 평범하나 귀하다. 백시종 소설가 북 콘서트 때는 서울 울산 대구 사람도 왔다. 빈빈은 도시의 품격을 겹겹이 쌓는 증거가 된 듯하다.

어려움은 없었나요?

✦ 문제는 문화 프로그램은 돈이 안 된다는 사실입니다. 2010년부터 10년간 힘든 순간 참 많았습니다. 통장 잔고가 동이 나 연구소를 운영할 때 마련했던 여분 아파트 하나를 처분하는 일도 있었습니다. 언제나 칭찬해 주시던 친정아버지를 떠올리며 마음을 다잡았던 적이 한두 번이 아니었죠. 다행히 외부에서 인문학 강의 요청이 쏟아져 강의를 다니며 내공을 다지고 지구력을 키웠어요.

만만치 않은 과정에 인생관이 단단해졌군요.

✦ 무엇보다 이 일은 저의 가슴을 뛰게 했습니다. 어느 시점 '무릇 삶은 흔들릴 때 성숙하리니 그 흔들림조차 즐기시게.'라는 내면의 소리를 들을 수 있었죠. 30대가 된 아이들과 이제, 모자녀 관계 공식 대신에 동시대를 사는 인생 선후배 관계 공식을 설정한 것도 선물 같은 수확이었습니다. '재산을 물려주지 않는다. 매 순간 치열하게 살고 치열하게 즐기는, 그리고 자신을 사랑하듯 타인과 관계하는 생활 양식을 물려준다.'라고 결심했습니다. 저는 매번 깊어지고 새로워집니다. 최근에는 '리에프릴(Re-April) 경영'을 시작했습니다.

김종희 대표가 치열하게 사색하고 한계를 넘어서면서 쓴 글을 묶어 낸 책들

'다시 4월'이란 뜻인가요?

✦ April의 어원에는 열리다 (Open)는 의미가 있다고 해요. 4월이 되면 꽃과 풀이 솟아나고 나뭇가지에는 연초록색 생명이 눈을 뜹니다. 여러분께 이 용어를 선물하고 싶습니다. 오륙십 년 살아온 바탕 위에 저마다의 새로운 방향을 발견하되 부피는 줄이고, 감성은 키우고, 지평은 넓히는 무언가를 드리고 싶습니다. 이 용어를 특허로 등록까지 했습니다. 생활 학습 도시 건축 예술 등에 리에프릴 용어를 붙여보세요. 상상력이 솟구치실 것입니다. 인생 후반부에는 물질적 욕망보다 정신적 가치입니다. 빈빈은 리에프릴의 사람 무늬를 담고 싶습니다. 앞으로 계획요? 그런 생각 자체를 키우지 않아요. 난관을 건너온 만큼 성장했으니 앞으로도 꿈꾸며 나아가는 미학자이고 싶을 뿐입니다.

김종희는 자기 삶을 한마디로 정의하면 간절함이라 했다. 그녀는 자기 삶과 꿈을 간절히 걸고 그만큼 자신의 의식과 경쟁하며 대화한다. 물질적 욕망에 거리를 두며 품위 있게 놀 줄 아는 그녀의 생활 미학은 한 경지를 본 듯한데, 이렇게 그녀가 텅 빈 욕망, 텅 빈 쾌락을 벗어나라고 한 고대 에피쿠로스(Epikuros) 철학자의 지혜를 실천할 수 있는 비결은 세상이 만든 경계를 넘어서는 법을 체득했기 때문인 것 같다. 그녀는 부동산, 자녀에 대한 과한 애착, 세상의 기준, 그리고 자기 아집으로부터 거리를 둘 줄 안다. 자연히 어깨가 가볍다. 그 대신 매 순간 치열하게 살고 치열하게 즐긴다.

김종희의 인생 팁

그대 가슴이 뛰는 방향으로
아찔하게 걸어가라.

취미 생활이 제2 직업으로, 사진작가가 된 교장샘

디지털 사진작가 배현기

은퇴 후 귀촌은 퇴직을 준비하는 많은 이의 로망이다. 그런데 로망은 로망일 뿐. 충족하기 어려운 전제 조건이 적지 않다. 가족의 동의, 대도시의 근교, 재정적 문제, 마을 사람들과 화합…. 이도 저도 쉽지 않다. 그런데 수소문해 보니 전제 조건을 맞추기 위해 사전에 준비해, 이제 날마다 맑은 공기와 흙냄새를 맡으며 지내는 이가 있다. 고교 교장으로 퇴임 후 귀촌했다는데, 지금은 다양한 취미 활동을 아내와 함께 즐기며 인생일모작 때 미루어 둔 충만감을 만끽한다고 한다.

배현기(오른쪽) 작가가 인도에서 출사 여행을 하던 중 길에서 만난 인도 청년들과 기념사진을 찍고 있다.

여기는 어디인가요?

✦ 울산광역시 울주군 두서면 서하마을입니다. 언양읍에서 차로 10분 정도 거리에 위치해 있습니다.

어떻게 여기에 귀촌하게 되셨나요?

✦ 제가 부산기계공고 교장으로 퇴직하던 11년 전에는 전원주택 붐이 있었어요. 지연 혈연 학연 하나도 없었지만 여기 동네가 좋아 들어왔어요. 이 마을은 KTX 울산역까지 30분 거리이기에 한 시간 이면 부산역에도 도착할 수 있습니다. 사통팔달이죠. 10분 거리에 병원이 있고 울산 시내버스가 다니죠. 그리고 코끝이 시릴 정도로

공기가 맑아요. 집 앞에는 앞마당 텃밭에 유용한 실개천이 돌아 흐릅니다.

귀촌에 성공하기까지 노력이 좀 필요했죠?

✦ 당연하죠. 귀촌은 몸만 농어촌으로 이동하는 것이 아니라, 삶 전체가 바뀌는 것입니다. 그래서 퇴직하기 전부터 준비해야겠더군요. 도시민과 시골 사람은 추구하는 생각이 다릅니다. 그렇기에 사귐이 쉽지 않습니다. 어울리기 위해서는 마을의 정서에 어느 정도 동화되어야 합니다. 마을을 위해 진심으로 행동해야죠. 끈기도 필요하죠.

배현기 교장은 마침 술도 사람도 좋아하기에 정착 초기에는 마을 주민들과 막걸리를 깨나 마셨다. 그리고 마침 시작되었던 마을 개선 사업, 휴먼 케어 사업에도 열심히 참여했고, 울주군의 주민참여 예산위원, 주민자치개발위원으로도 활동했다. 노인들에게는 장수 사진을 찍어드리는 노력도 했다. 그러다 보니 어느 시점 70여 가호 마을과 좀 편해지는 순간을 느꼈다. 마침 교장 출신 귀촌자가 두 분이나 더 계시고, 아래 동서가 귀촌해 들어왔기에 어느 틈엔가 무던해졌다.

마당 앞에 저것은 무선 통신 안테나인가요?

✦ 네, 아마추어무선국(HAM Radio) 안테나입니다. 교사로 재직하던 중 공부에 갈증이 있었습니다. 1984년 일본 문부성 장학금으로 유학을 가 전자 통신 공부를 했지요. 지금은 아마추어무선 1급 자격증도 가지고 있어요. 햄(HAM)을 통해 자유롭게 무선 통신을 할 수 있는 것도 귀촌 생활의 즐거움이죠.

디지털 사진작가로 명성이 높더군요.

✦ 유학을 간 일본에서 카메라에 쏙 빠졌었지요. 장학금 전액을 투자해 카메라를 사 버렸죠. 아내가 저를 '열혈 독학파'라 해요. 한번 시작하면 막 파고들어요. 그렇게 아날로그 사진을 시작했고, 2008년에는 DSLR 대열에 동참했었지요. 한국디지털사진가협회에 가입했고, 어디 가든지 디카를 들고 다녔어요. 그러다가 2012년 부산기계공고 교장으로 퇴직할 때 첫 전시회를 열었어요. 재임 4년 동안 4만 3,000평의 넓은 교정의 사계를 디카에 담곤 했는데, 퇴임식 때 기념전을 한 것입니다.

그리고서 귀촌하시고 디지털 사진작가로 공식 데뷔한 것이군요. 완전히 다른 인생을 살게 되었군요.

✦ 퇴직하면서 나는 어떤, 무엇을 하는 사람이어야 할 것인지 생각을 많이 했어요. 결국 사진을 선택한 거죠. 그리고선 가장 먼저 해외 출사 여행을 시작했습니다. 퇴직하던 2012년에 3회 했고요, 그 뒤

매년 2~5회씩 더하여 2019년까지 총 24회를 나갔습니다. 남미 아프리카 유럽 발칸 반도 아시아 등 60여 개 국가를 다녔어요. 디지털 사진에 인생 후반부를 완전히 걸었던 것입니다.

배현기(맨 오른쪽) 작가가 아내(오른쪽에서 세 번째)와 함께 색소폰을 배워 울주군 주민자치센터 프로그램 발표를 하고 있다.

전시회도 하셨지요?

✦ 그럼요. 개인전은 3회를 했지만, 연합 회원전은 11회를 했습니다. 부산도시철도에 저의 작품이 10여 년 전시되었고, 인도 남미 아프리카의 출사 사진을 가지고 5회의 온라인 전시회를 개최했어요. 제가 초대 작가가 되어 있는 한국디지털사진가협회 홈페이지에서 지금도 관람 가능합니다(dpak.or.kr). 그렇게 활동하다 보니 정부로부터 '예술인 패스'도 받을 수 있었습니다.

젊은 날의 첫사랑처럼 빠져들었군요. 사진의 무엇이 그 정도로 매혹적인가요?

✦ 사진작가는 찰나적인 영감과 감동을 잡는 직업입니다. 그런데 대상을 순식간에 잡아 끌어오되 금욕적 태도를 취하여 그를 지배하지 않아야 해요. 그럼으로써 정신적 자유의 경지를 유지해야 합니다. 저는 이러한 사진의 특성에 매료되었어요. 본래 있거나 없는 것도 아닌, 색과 상을 사실화하는 묘미가 깊어요. 마침 저는 은퇴 후 제게 들어앉은 시간과 사진을 통해 대화했죠.

그는 발터 벤야민(W. Benjamin)이 말한 '아우라(Aura)'를 디카 속에서 구현하고 싶어 하는 것 같았다. 독일 철학자 벤야민은 현장의 대상이 발산하는 저마다의 독특한 어떤 기운을 설명하기 위해 그리스 신화에서 개념을 가져와 '사진의 복제 기술이 고유한 아우라를 없애고 있다.'라고 비판했다. 하지만 오늘날 디카 기술은 아랑곳없이 '전시 가치'라는 새로운 경지를 느끼게 한다.

요즘은 드론 사진도 하신다고요?

✦ 저는 늘 우리 주변에 있지만 눈여겨보지 않았던 것, 무심코 지나치는 것의 얼굴을 일깨우는 사진을 찍고 싶어요. 집 주변에 300평의 논을 장만해 연꽃을 심었습니다. 드론으로 연꽃 사계를 담고 있죠. 물론 다른 곳에도 드론을 날립니다. 벌써 두 차례 개인전도 했

어요. 제가 운영하는 '여행과 다큐 사진' 카페를 통해 관람 가능합니다(https://cafe.daum.net/hl5bpf).

아내는 불평하지 않나요?

✦ 전혀요. 아내가 없다면 저의 존재는 불가능했을 것입니다. 저는 결혼해서 지금까지 모든 것을 아내와 함께해 왔습니다. 햄 운영이나 국내외 출사 여행은 물론이고, 영어 일본어 회화 공부할 때나 색소폰을 배우고 연주할 때도 늘 함께 다닙니다. 지역 사회 봉사 활동도 그러하고요. 인생이모작의 성공 여부는 부부 동행이라고 생각합니다.

(아내에게) 그렇게 남편과 합이 잘 맞나봐요?

✦ 저는 감성적이고 섬세한데, 남편은 대범해서 함께하면 실수도 없죠. 남편은 끊임없이 매진하는 사람입니다. 어떤 일이든 최선을 다하기에 인간으로서 존경할 만한 분입니다. 사진에 몰입한 것도 저의 친정아버지와 같아요. 귀촌하여 이렇게 서로 보살피니 참 행복합니다.

배현기는 항상 아내의 마음을 애지중지했다. 아내 또한 남편에게 말했단다. "제 월급으로 애들 공부시키면 되니, 당신은 하고 싶은 대로 하세요." 내년 1월에 두 사람은 해외 출사를 하여 '네팔인의 삶과 히말라야 풍경' 사진전을 개최할 계획이란다. 교사 부부였기에 노후 연금은 적지 않다. 톨스토이는 소설 『안나 카레니나』에서 '모든 행복한 가정은 비슷하다.'라고 한 바 있다. 대문호의 질문에 배현기는 여유로운 전원생활, 부부 동행, 안정적 재무, 그리고 자존감을 고양시키는 취미 활동으로 응답하고 있다.

배현기의 인생 팁

인생일모작 때처럼 초지일관하여
전력투구하라.

귀농·귀촌종합센터

농림축산식품부는 귀농·귀촌종합센터를 운영하고 있다. 귀농 귀어 귀촌을 원하는 이는 고향 마을에 다녀오기 전에 일단 홈페이지를 방문하여 국가 정책, 각 지자체 정책을 살피는 것이 좋다.

홈페이지(https://www.returnfarm.com)에는 세제 지원 등 각종 정책 정보 코너가 있으며, 귀농·귀촌 선배로부터 유익한 정보를 구할 수 있는 온라인 상담 코너도 있다. 또한, 이주 전에 희망지에 최대 6개월 살아 보는 것을 지원하는 '농촌에서 살아 보기' 신청 코너도 있다.

클래식에 미친 공기업 아웃사이더,
평생의 꿈 감상실 열다

오페라바움 심성섭 대표

인생을 허비한다는 생각을 떨칠 수 없었다고 한다. 남들이 부러워하는 대기업 공기업 등에서 지내 온 직장 생활도 무의미했다. 은퇴를 준비하면서 조직의 부품이 되어 살아왔던 영혼을 자유롭게 하자고 결심했다. 퇴직 후 3년, 꿈꾸어 왔던 클래식 음악 감상실을 운영한다. 인생 후반전을 매력 만점으로 사는 이가 있다는 소문을 듣고 찾아간 곳은 '오페라바움'. 심성섭 대표는 마침 반 클라이번 국제 피아노 콩쿠르(Van Cliburn International Piano Competition)에서 우승한 임윤찬의 연주에 관해 강론한 직후인지라 상기돼 있었다.

심성섭 대표가 음악 감상실 '오페라바움'에서 이탈리아 작곡가 베르디의 일생과 오페라에 관해 설명하고 있다.

여기는 어떤 곳인가요?

✦ 클래식 전문 음악 감상실 '오페라바움(Opera Baum)'입니다. 대중에게 클래식 음악을 소개하기도 하고, 유럽 미국의 유명 오페라 극장에서 있었던 실황 공연 영상물을 상영하면서 해설도 해 드립니다. 동호회 차원이나 친구분끼리 오시기도 합니다. 임윤찬과 같이 재능 있는 사람이 세계 대회에서 두각을 나타내고 있지만, 클래식은 아직 대중에게 어렵게 느껴지는 게 사실입니다. 거친 시대, 음악으로 사람들에게 즐거움과 위안을 드리는 곳입니다.

음악실은 2018년 오픈했다. 부산 기장군 동부산 오시리아관광단지 헬로시티 건물 3층에 편백나무와 붉은 벽돌이 잘 어우러진 인테리어를 한 소극장식 구조다. 40석의 암체어형 소파가 놓여 있는 정면에는 120인치 영상 화면에 하이엔드 스피커 시스템이 갖추어져 있었다.

음악 전공자가 아니라고 알고 있습니다. 어떻게 시작하셨나요?

✦ 저는 법대에 입학했으나 성향이 맞지 않았어요. 졸업 후 대기업을 거쳐 공기업에서 30여 년 재직했으나 조직 생활이 항상 지겨웠고 탈출하고 싶었어요. 그래서 시간만 나면 음악을 듣거나 음악 에세이를 읽으며 살아왔습니다. 이제 한 집안의 가장으로서 애들도 다 키웠으니 내 가슴속에 품고 있던 음악 감상실을 연 겁니다.

사람들은 인생이모작의 나이가 되면 하고 싶은 일이 있어도 포기하는 경우가 많은데, 오히려 추진하셨군요.

✦ 대학생 때 우연히 효원음악감상실에서 들은 베토벤의 교향곡에서 심장이 콱 멈추는 충격을 받았었어요. 아! 이것과 함께 살아야겠다고 각오했죠. 고시에 합격해 출세해야겠다는 생각은 그날부터 접었습니다. 그 대신 음반 가게에 가서 베토벤의 「운명 교향곡」, 슈베르트의 「미완성 교향곡」, 차이콥스키의 「비창 교향곡」 등을 녹음해서 카세트가 몇 개 망가질 정도로 듣곤 했습니다. 돈만 생기면 무

조건 LP 음반이나 카세트 테이프를 모았어요. 물론 대중가요에 몰입하기도 했죠. 그런데 졸업할 때는 시골에서 논 팔고 소 팔아 공부시킨 부모님의 바람을 외면하기 힘들어 대기업에 들어갔지요. 그러나 이제는 굳은 결심을 한 겁니다. 퇴직 즈음에 여행을 했는데, 제가 제 자신에게 계속 말하고 있더군요. "고생했다. 너는 할 만큼 했다. 이젠 됐다." 이제 청춘기에 저의 영혼을 뒤흔들었던 클래식과 재회해 사랑을 나누려고 합니다. 이 운명에 순종하려 합니다.

직장 생활을 많이 하셨군요.

✦ 네, 그러나 회사는 따분했고 저는 부실했습니다. 1986년 대학 졸업 후 ○○제철에 입사했었어요. 그런데 사무직인 데에도 군대처럼 누런 제복과 군화 같은 것을 신기더군요. 결정적으로 오너를 우상화하는 분위기에 적응하기 힘들었어요. 그 뒤 입사한 ○○물산에서도 역시 성과제 일주의 속에서 조직 규율이 강했었어요. 역시 1년도 못 견디고 나와 버렸어요. 다시 찾은 직장은 국민건강보험공단이었습니다. 우상화도 없고 실적으로 사람을 옥죄는 곳이 아니었

'오페라바움'에 비치된 음반들

죠. 사실상 저의 생계를 지켜준 고마운 곳입니다. 하지만 딱히 보람을 느끼지는 못했어요. 그래서 오로지

좋은 오디오를 집에 들여놓고 음악을 듣거나 동료랑 어울리는 데만 열중했죠. 그곳에서 정년을 채웠습니다만, 사실상 자발적 아웃사이 더였습니다.

베토벤 교향곡 '운명'을 듣고서 운명처럼 클래식을 연모해 온 그는 기질적으로 자유주의자 유형인 것 같다. 규율을 싫어했고 늘 자신의 시간을 확보했다. 직장 생활 중 '나의 음악사랑 목록집' 초고도 완성했다고 한다. 그의 이야기를 들으며 '어떻게 쾌락을 극대화할 것인가'를 최대의 화두로 삼았던 그리스 소피스트(Sophist)들이 생각났다. 그는 인생이모작의 길목에서 이젠 쾌락까지는 아닐지라도 자유로움과 즐거움을 극대화하는 데 치중하고 있다.

전문 음악 감상실을 만들면서 어려움은 없었나요?

✦ 퇴직금이 있었고 은행 융자도 좀 받았습니다. 가족들은 말리지 않더군요. 제가 음악을 평생 죽자 살자 연인처럼 껴안고 살아왔기에 말려도 안 될 거라고 생각한 것 같아요. 그리고 회사 다닐 때도 음악 카페를 차려서 운영한 적도 있었습니다. 근 10년은 한 것 같아요. 이 경험이 주효하더군요. 인생이모작을 준비할 때 그 무엇이라도 최소 5년 이상 사전에 준비하는 것이 필요합니다.

그는 사업적 성공 조건도 생각한 듯하다. 악상을 이해하는 감각이 탁월해 듣는 음악을 통째로 빨아들이는 재능을 가진 그는 코로나 속에서도 베르디의 「라 트라비아타(La traviata)」, 푸치니의 「라 보엠(La Bohème)」 같은 오페라 감상이 가능한 프로그램을 4년째 돌렸다. 또 부산시교육연수원, 부산학생교육문화회관의 교사 연수 프로그램에도 협력해 왔다.

앞으로 계획은요?

✦ 오페라 가수 소프라노 안나 네트렙코(A. Юрьевна Нетребко), 미국 출신의 메조소프라노 조이스 디도나토(J. DiDonato)의 드라마틱하거나 고혹적인 목소리에서 엄청난 전율을 느낀 적이 있습니다. 실황 공연을 보면서 느낀 감동을 회원들에게 선물하고 싶습니다. 서울의 풍월당도 가 보았습니다. 외국 현지에 가기 힘든 대중들에게 영상으로나마 여러 천재의 기예를 즐기도록 할 것입니다. 또한 회원님들 모시고 유럽의 공연 현장에도 다니고 싶습니다. 오페라는 미리 알고 접하면 훨씬 깊은 맛을 느낄 수 있기에 즐거운 학습 프로그램도 운영합니다. 부산항 북항에 오페라하우스가 완공되면 저의 음악실에서 미리 공부한 것이 많이 도움이 될 겁니다.

대학생이 된 이후부터 부모님과 직장 문제로 갈등이 많으셨지요. 직장 문제로 힘들어하는 자녀에게 어떤 이야기를 해 주고 싶으신가요?

✦ 일모작 때 저는 '자발적 아웃사이더'였지만 이제는 제가 좋아하는 일을 하는 '행복 인파이터'로 살고 있습니다. 아이가 제게 "일하고 싶은 회사가 없어요."라고 한다면 "한 번뿐인 인생, 너가 좋아하고 잘하는 일을 찾거라. 좀 늦어도 된다. 아빠는 환갑 지나도 아직 철이 덜 들었단다. 너도 괜찮다. 괜찮다."라고 말해주고 싶습니다.

일찍이 『수상록』의 저자인 미셸 드 몽테뉴(M. E. de Montaigne)는 '크세쥬(Que sais-je)', 즉 '나는 무엇을 아는가'를 강조했다. 유럽 인구 3분의 1을 죽음으로 내몰았던 흑사병 시절, 지금과 비교 안 될 정도로 아비규환의 그 시대에 이 지도자는 사람에게 말했다. "세상살이에 있어서 자기에게서 도망치지 말라. 그대의 영혼을 숭고하게 하라." 괴테의 언어로는 '치타델레(Zitadelle)'라 불렸던 내적 자아의 충만함을 우선하라는 것이다. 우리 인생, 이모작의 길목에 서서 보면 의무적인 일에 내몰려 인생을 낭비한 것이 아니었던지 회의감이 들 때도 있다. 심성섭은 생계를 책임진 가장으로서 현실을 외면하지 않으면서도 그 자신을 보살핀 점이 돋보인다. 그의 인생이모작 경영법은 불확실하고 고단한 세상을 탓하기만 하면서 자기로부터 오는 외침을 억누르고 사는 사람에게 섬광과 같다.

오페라바움에는 단체 혹은 개인별로 찾는 사람들이 많다. 사진은 부산의 대표적인 학습 클럽인
다양성포럼이 방문한 모습

심성섭의 인생 팁

인생이모작 때는 자기 가슴이
원하는 일을 하라.

초보자의 클래식 음악 입문 방법

음악을 연주하거나 작곡하지 못해도 음악을 충분히 잘 감상할 수 있다. 관심과 두 귀를 가지고 있으면 된다. 생활 속에서 다음과 같이 시작해보자.

① 클래식 FM 방송을 꾸준히 듣는다. 괜찮은 이어폰을 활용하는 것도 생활의 지혜다.

② 일 년에 네 번 정도 문화회관 등을 찾아서 실황 공연을 감상한다.

③ 클래식 음악 해설서나 책을 읽고서 이에 언급된 음반을 직접 구해서 듣는다.

④ 전문 음악 감상실에 가입해 동호회 멤버들과 교류하고 함께 즐긴다.

출세가 성공? 느지막한 깨달음 뒤
위기의 이웃 수호천사로

(재)청소년행복재단 유기우 봉사팀장

나이 드는 방법은 여러 가지다. 세상살이에 지쳐 태풍 피하듯 나이 든 이가 있는가 하면 예측 불허의 삶을 즐기는 이도 있다. 나이 들어 날개 없이 추락하는 이가 있는가 하면 영롱한 삶에 한 걸음 더 다가가는 이도 있다. 그런데 누군들 실패의 삶을 원하겠는가? 관건은 진정한 인생 성공의 방향을 잡는 것이 아닐까? 뼈를 깎듯이 노력해서 돈을 모으거나 권력을 잡을지라도 진정 행복하지 않다면 무슨 소용이 있겠는가. 마침 어떻게 사는 것이 좋은 삶일지 한 방향을 보여주는 이가 있기에 만나 보았다.

자신을 소개해 주세요.

✦ 부산은 외삼촌이 살고 계셨기에 자주 왔습니다. 제2의 고향이라 할까요(웃음). 저는 현재 경기도 의왕·안양 지역에서 저소득층 청소년들과 독거노인들을 돕는 나눔 봉사 활동을 하고 있습니다. 한 10년 정도 되었습니다.

이번에 만난 이는 1955년생 (재)청소년행복재단 유기우 팀장이다. 그는 젊은 시절 열정적이고 성실했으나 세속적으로 크게 성공한 사람은 아니다. 하지만 이제 인생이모작을 설계하여 나아가는 방법과 방향이 예사롭지 않다.

어떤 봉사 활동을 하시나요?

✦ 위기청소년을 돌보는 활동입니다. 폭력이나 결손 가정에서 가출한 청소년들이 결국은 대개 법무부의 소년분류심사원을 통해 소년원이나 보호 기관에서 관찰을 받게 되는데, 저는 이 아이들을 돌보는 일을 합니다. 이들이 다시 건강한 길을 갈 수 있도록 하는 일이죠. 제가 속한 (사)청소년행복재단과 경기중앙교회에서 설립한 (사)바람막이봉사센터에는 헌신적인 분들이 많으십니다. 저는 이 두 곳의 봉사팀장인데요. 우리가 청소년 보호시설과 가깝게 있다 보니 이들과 협력해서 일을 합니다. 이들 기관에 수용된 청소년들이 자그마치 300여 명이나 됩니다. 이들 중 대략 60명 정도는 부모와 인

연이 없어요. 보호 관찰 1호에서 10호까지 받은 아이들은 사람의 정을 필요로 하는 아이들입니다. 아이들이 비행을 저지르는 것도 거꾸로 생각하면 자신들에게 관심을 좀 달라는 유·무언의 메시지 이기도 합니다. 평범한 아이들은 가지고 있는데 자기에게는 없다는 것입니다. 가족들과 상의를 해 봐야겠지만, 저는 그래서 한 두명의 아이들을 우리 집으로 데리고 와서 키우는 위탁 보호 가정을 운영하고자 계획하고 있습니다. 청소년 보호 기관에 있는 아이들에 대해서 많이들 관심을 가져 주었으면 좋겠습니다.

실제 얼마나 활동하시나요? 보람 있다고 느끼는 순간도 있겠군요.

✦ 일주일에 2~3일 정도 활동합니다. 보람요? 보람 이전에 마음이 아플 때가 많습니다. 지난번에는 자립할 수 있도록 하여 사회에 내보냈는데 교도소에 다시 들어간 아이가 있었어요. 이 세상은 결핍 청소년에게 오히려 더 냉혹합니다. 보람이라면 훌륭하신 분들과 일하는 것을 꼽고 싶습니다. 특히 (재)청소년행복재단의 윤용범 사무총장은 법무부에서 고위 공무원으로 퇴직하신 후 사재를 털어 재단을 만들어 밤낮없이 위기 청소년을 위해 생활합니다.

노인들을 위해서도 활동하신다고요?

✦ 청소년은 탈선이, 노인은 빈곤이 문제입니다. 사회복지사들이 수고하시지만, 그분들의 수가 부족해요. 우리는 집수리도 해드리고

힘든 생활에 대해 상담도 합니다. 매년 50가구 정도를 수리해 왔습니다. 시청의 지원을 받고 있죠. 그동안 심각한 상태의 노인들을 많이 구했어요. 각박해지는 세상이라 의지할 곳 없는 노인들을 보면할 말을 잊게 됩니다.

인터뷰 중 본 그의 얼굴은 나이가 믿기지 않을 정도로 맑았다. 더구나 열정까지 샘솟고 있으니 이타적 나눔 봉사 활동은 도파민 세로토닌을 분비하게 한다는 항간의 이야기가 떠올랐다. 그에게는 확실히 동기 부여가 잘된 행복한 기운이 있다.

유기우 봉사팀장이 2015년 캄보디아의 바탐방신학교에 교실을 짓는 기부 봉사 활동을 하고 난 뒤 학교 교직원과 기념 촬영한 모습(중간 흰 모자 쓴 이가 유 팀장이며, 맨 왼쪽 흰 모자 쓴 이가 아내 장현숙 씨)

이 활동을 어떻게 시작하셨나요?

✦ 계기가 있었어요. 저의 부모님이 소천하실 때였습니다. 2011년에 소천하시자 유산이 남았습니다. 다섯 형제가 분담하니 각자 1억 5,000만 원 정도가 주어지더군요. 그때 아내가 말하더군요. "여보, 이거 우리 것 아니잖아. 키워주신 것도 고마운데…." 그래서 둘이 의논하여 해외에 기부하기로 결단했어요. 마침 그 전에 교회와 재단에서 캄보디아 미얀마에 학교와 교회를 세워줄 때 함께했던 경험이 있었거든요. 건물도 없어 천막에 앉아 공부하던 아이들에게 학교를 지어주자고 결심했던 겁니다.

그래서 받은 유산을 다 기부하셨나요?

✦ 네, 다 기부했죠.

아내와 대화를 많이 하셨겠군요.

✦ 많이 했죠. 그리고서 삶의 가치관을 바꾸어 버렸어요. '세상이 이렇게 빈부격차가 심하고 어려운데 나 혼자만 잘살면 뭐 하는가.'라는 성찰. 그래서 이제까지 가족과 나를 위해서 살았다면 앞으로는 이웃을 위해 살자는 결심. 우리는 이미 부모님 유산을 전액 내놓았잖아요. 나눔 봉사 생활을 우리 부부의 생활 양식으로 만들기 위해 바람막이봉사센터와 청소년행복재단에도 가입했습니다. 우리는 내 육신이 죽음으로써 인생이 끝나는 것이 아니라 또 다른 방법

으로 내 인생을 산다는 믿음을 가지고 있습니다. 저는 사십 대 초반부터 매일 새벽기도회를 나갔어요. 돌아보니 모든 문제가 나에게 있더라고요. 세속적인 목표를 이루는 것을 인생 성공으로 간주하는 것이 문제더군요. 좋은 인생을 살기 위해서는 성공의 관점을 바꾸는 것이 중요합니다. 명예나 사회적 위치보다 타인을 행복한 삶으로 이끌어 줄 수 있다면 그게 성공 아닌가, 줄곧 그런 결론에 도달하게 되더군요.

(재)청소년행복재단의 단원들과 봉사 활동을 하고 난 후 재단 건물 계단에서 찍은 사진(앞줄 좌측이 유기우 봉사팀장이며, 앞줄 중간에 앉은 이가 공직 퇴직 후 사재를 털어 재단을 설립한 윤용범 사무총장)

봉사 활동은 어떤 방법으로 준비하셨는지 궁금해요.

✦ 2014년에 정년퇴직 후 본격적으로 준비했습니다. 집수리 봉사를 위해서 필요한 목공 도배 분야의 기능 공부를 위해 학원에도 다녔습니다. 정신적 지원을 위해 심리학과 정신 의학 공부도 많이 했죠. 현재는 건축물 관리 일에서 나오는 매달 수입의 20~30%를 기부하고 있습니다. 일모작 때는 50%까지 했으나 수입이 줄었기 때문입니다.

기부의 생활화도 놀랍군요. 인생 전반기에는 어떤 일에 종사하셨는지요?

✦ 대학 교수가 되기 위해 유학을 하였는데 현지에서 좋지 않은 일에 연루되어 결국 추방되어 버렸어요. 목표를 중단하고 중견 기업에서 프로그래머로 활동했으나 IMF 때 잘려서 힘든 세월을 보내기도 했죠. 그 후 인천공항터미널 관리소장을 거쳐 SK텔레콤 교환국사 관리소장으로 2014년에 59세로 퇴직했습니다. 월급쟁이였으니 모아 둔 돈 별로 없어요. 그러나 퇴직을 5년 정도 앞둔 때 앞에서 말씀드린 인생이모작의 방향을 정립했죠. '저 자신을 위해 살지 말자. 이웃을 위해 살자.'라고요.

80세에 작가로 등단하는 계획이 있다고요?

✦ 55세 때부터 작심한 것입니다. 이를 위해 매년 30권 정도 책을

읽어왔습니다. 사회학 복지학 심리학 철학 문학 등입니다. 현재 영어 시를 번역할 정도는 됩니다. 저의 독서 목표는 사람을 돕는 것입니다. 사회에 기여하는 지식이 목표입니다. 퇴근하여 봉사 활동에 가지 않으면 날마다 새벽 2시 넘게까지 책을 읽습니다.

근자에 읽은 인상 깊은 책은 어떤 것인가요?

✦ 헨리 소로(H. D. Thoreau)의 『월든』입니다. 버지니아 울프(A. V. Woolf)의 『자기만의 방』도 있고요, 언론인 출신으로 여든세 살의 철학자가 불치병에 걸린 여든두 살의 아내를 간병하면서 쓴 편지인 앙드레 고르츠(A. Gorz)의 『D에게 보낸 편지』, 프리드리히 횔덜린(F. Hölderlin)의 『그리스의 은자 히페리온』, 마이클 샌델(M. J. Sandel)의 『돈으로 살 수 없는 것들』도 있습니다. 수전 제이코비(S. Jacoby)의 『반지성주의 시대』는 차이에 대한 존중 배려 정신을 배울 수 있어 꼭 권하고 싶습니다. 랄프 왈도 에머슨(R. W. Emerson)의 『자기 신뢰』에는 '사람은 자신의 내면에서 번뜩이며 지나가는 한 줄기의 빛을 발견하고 관찰하는 법을 배워야 한다.'라는 글이 있더군요. 내면을 들여다보며 자신을 단련시키게 하는 이런 문구를 발견하면 잠을 잘 수 없을 정도로 기쁩니다.

80세 작가 데뷔는 좀 먼데요, 70세로 당기시죠.

✦ 주변에서 공모전에 나가보라고들 하지만 80세에 「청춘」이란

시를 발표한 시인 샤무엘 울만(S. Ullman), 죽은 후 더 유명해진 페르난도 페소아(F. Pessoa)도 있습니다. 발표를 한다는 것이 조금 두려워 계속 수련하고 있습니다. 움직이지도 못할 때까지 읽고 쓰고 공부하다 죽는 것이 꿈입니다.

마더 테레사(M. Teresa) 수녀는 "봉사에 있어 얼마나 많이 주느냐가 아니라 얼마나 많은 사랑을 담느냐가 중요하다."라고 했다. 유기우는 인생 사는 동안 열정적으로 살았지만 평범하다면 평범한 사람이다. 하지만 신앙생활 중 이타적 사랑의 중요성을 깊이 깨닫고 실천해 왔다. 그리고 80세 작가 등단을 목표로 날마다 밤을 붙들고 있다. 그의 인생이모작은 지극히 비범해지고 있다.

유기우의 인생 팁
세속적 성공관을 멀리하고 세상에 유익하고
가치 있는 일을 찾아 실천하라.

학부모들 동화책 세상으로
이끌고 싶어… 교단 떠나 작가로

동화 작가 한세경

✾

　교사는 조기 퇴직을 많이 하는 직업군이다. 어렵사리 임용된 학교 선생님 자리를 던져 버리는 이가 너무 많다. 대학 졸업 후에도 임용고시 공부를 위해 얼마나 노력한 자리인가. 문제는 퇴직 후 과연 무엇으로 사는가이다. 학교 밖은 그보다 더 정글인데. 교사 출신의 성공적인 직업 전환은 가능할까? 이번에는 책방 카페를 열고 동화 작가로 변신하는 데 성공한 이가 있다고 하여 방문했다.

　여기는 어디인가요?

　✦ '이야기정원'이라 불리는 동화 카페입니다. 부산 연제구 연산동

한세경 작가가 동화 카페 '이야기정원'에서 자신이 출간한 대표 동화집 『중고 엄마, 제발 좀 사가 세요』 『작전명, 쪼꼬미 리턴즈』를 들고 설명하고 있다.

토곡사거리에 있는 청담한정식이란 한정식집 옆의 한 골목에 있습 니다.

  그녀의 안내를 받고 들어선 카페는 건물부터 한 편의 동화 나라 였다. 작은 골목을 들어가 왼쪽으로 방향을 틀자 다른 세계가 열리 는 느낌이었다. 흰색 건물 안으로 들어서자 1층에는 또 흰색 톤의 책방 카페, 2층에는 동화와 글쓰기 학습 공간이 있었다. 동화같이 아름답고 순결한 분위기의 카페였다.

이쁜 소품도 참 많군요. 이곳은 무엇을 하는 공간인가요?

✦ 동화를 읽고 쓰는 카페입니다. 또한 참여하시는 분들이 경험과 꿈을 나누는 곳입니다. 인간은 일종의 이야기 나무입니다. 나무가 모이면 이야기정원이 되죠. 소통과 공감의 정원, 치유와 성장이 일어나는 정원입니다.

인생일모작 때 교사로 활동하셨던 것으로 압니다.

✦ 저는 31년을 부산에서 초등학교 교사로 봉직했습니다. 2019년 명퇴를 하였으니 지금 햇수로는 4년째가 되었군요.

재직하실 때 자랑스러웠던 것도 많았었지요?

✦ 네, 어린아이들에게 세상에 대한 꿈을 키우는 일은 그 자체가 자랑스러운 일입니다. 저는 재직 중 부지런한 편에 속했습니다. 인성 실천 사례 전국 1등급을 받았고, 수업 대회 1등급도 받아 후배 교사들에게 교수법을 가르치기도 했어요. 또한 영재 교육 도입에 참여한 것도 자랑스럽습니다. 부산시교육청 주관으로 2001년에 미국 버지니아대학 영재 교육 연수를 다녀와서 창작 분야의 부산형 영재 교육 프로그램을 설계하고 추진하였죠. 얼마 전 어떤 모임에서 현직에 있는 후배들이 저를 '창작 영재 교육의 전설'이라 하더군요(웃음).

한세경 작가가 직접 집필한 동화책들. 그의 글은 아이들에게 상상력과 꿈을 심어 준다.

그런데 교사를 그만두신 이유는 무엇인가요?

✦ 동화 때문이었죠. 제게 교직은 최고의 천직이었습니다. 그러나
저는 교감 승진을 목전에 두고 퇴직했습니다. 동화를 쓰고 싶었기
때문입니다. 학교에 계속 있다가는 더 이상 동화 쓰는 시간을 확보
하지 못하겠다는 위기감이 오더군요. 또한 학부모들이 동화책을 읽
고 쓰는 문화를 확산해야겠다고 결심했습니다. 교직에서 오랫동안
확인한 것은 '문제아 뒤엔 문제 부모 있다.'였죠. 어른들이 동화를
함께한다면 좋은 대안이 될 수 있다고 생각했습니다.

그러면 현재 활동은 어쩌면 천직으로서 교사 활동의 연장선일 수

도 있겠군요. 교직에 계실 때도 동화 쓰기를 하셨나요?

✦ 교직에 최선을 다하면서도 그만큼 꾸준히 몰두한 것이 동화 쓰기였습니다. 늘 동화 글감을 모으고 글을 썼죠. 그러다 2003년 부산일보 신춘문예에 당선되었어요. 드디어 작가가 되었죠. 오랜 소원을 달성한 거죠. 그 후에도 계속 매진하여 3권을 정식 출판했죠.

이 카페는 퇴직 후 만든 거죠?

✦ 저의 경우 퇴직 5년 전 이 동화 카페를 준비하기 시작했어요. 저로서는 인생이모작의 시작이었죠. '동화 작가 한세경'의 정체성을 어떻게 굳힐 것인가에 대한 깊은 고민 끝에 구체화하였죠. 가장 먼저 퇴근 후 바리스타 자격증을 공부했어요. 핸드드립, 라떼 아트, 음료 제조, 제빵 등도 차근차근 배웠습니다. 또한 당근마켓을 통해 엔틱 중고품도 구입했죠. 틈틈이 다녔던 여행지에서 예쁜 소품들도 하나둘 사 모았습니다. 그리고 어디에 카페를 개설할 것인지 많이 탐색했죠.

여유 있게 준비하신 거군요. 그래도 어려움이 많았지요?

✦ 실로 하나둘 아니었죠. 이 자리의 집을 구매하고 허무는 과정, 동화 카페에 어울리는 4층짜리 집의 설계와 시공, 그리고 수많은 행정 처리. 이 모든 일이 하나같이 고난도였습니다. 해 본 적이 없었으니까요. 학교 업무는 아무리 많아도 익숙했기에 피곤만 관리하면

되었죠. 그러나 집 짓는 일은 늘 중압감에 짓눌리는 일이었습니다, 2022년 3월 오픈을 앞두고 어지럼증이 극심했죠. 그 때문에 결국 한 달 뒤 오픈했습니다만 병원에서 극심한 스트레스로 인해 뇌압이 높아졌다고, 모든 걸 내려놓으라 하더군요. 그러나 포기할 수 없었어요. KOICA(한국국제협력단)에서 활동하는 저의 딸이 '엄마는 나의 롤 모델'이라면서 응원했거든요. '다시 부딪쳐 보자.' 다짐하며 주먹을 쥐고 일어났죠.

교사들에게 인생이모작은 쉽지 않다. 생소한 길이고 교사 직업의 논리와 다른 상황이 허다하기 때문이다. 이때일수록 강한 신념과 함께 주변의 지지가 중요하다. 한 작가에게 가족의 정서적 지지는 최고의 에너지가 되었던 듯하다.

해를 넘겨 카페를 건축하셨는데 이 기간에도 동화 작가로 활동하신 건가요?

✦ 당연하죠. 동화는 저의 가장 단단한 정체성이니까요. 퇴직 후 본격적으로 동화 쓰기에 착수했죠. 그래서 2020년에 나온 책이 『중고 엄마, 제발 좀 사세요』, 『작전명, 쪼꼬미 리턴즈』인데, 4쇄까지 나갔습니다. 2021년에는 『부산이 품은 설화』를 공저로 냈고, 『수영성 열리지 않는 화장실』(2021), 『명탐정 블랙맨을 잡아라』(2022)는 중소출판콘텐츠제작지원사업과 2022 부산문화재단 우수

예술지원사업에 선정되는 영예를 안기도 했죠.

지금 카페에서는 어떤 프로그램을 운영하시나요?

✦ 동화 쓰기 학습 모임을 운영하고 있습니다. 독서 모임도 여럿 있고요. 또한 연제구청 평생학습 프로그램인 '톡톡 플레이스'로 지정되어 '똑똑한 한 달 클래스'를 운영하고 있습니다. 그런데 카페에 있다 보면 삶에 피멍 든 사람들이 찾아와 하소연을 많이 하세요. 저의 교직 경험을 기반으로 상담을 하다가 최근 타로 자격증을 땄습니다. 더 전문적으로 되었어요. 그 외 과정초 학부모회 연수와 거학초, 두레학교의 독서 동아리 활동도 했습니다. 곧 부산교육연수원의 특수 분야 직무 연수 기관 격으로 동화 쓰기 강좌도 개설할 예정입니다.

1인 출판사도 시작하셨다고요?

✦ 대형 출판사의 공모전은 참신하고 기발한 발상을 강조합니다. 그런 동화에 아이들이 흥미를 가지고 빠져드는 건 당연합니다. 한번 뜨면 수익성이 높지요. 하지만 교사 재직 시절 제가 느낀 것은 결핍이 있는 아이들의 마음을 따뜻하게 데워 주는 것은 일상의 이야기이더군요. 평범하지만 가슴 밑바닥이 데워지고 용기를 주는 이야기를 길어 올리고 싶었어요. 동화를 읽고 쓰는 부모 문화 확산을 위해서도 순환이 빠른 1인 출판사가 좋더군요. 그래서 설립한 '스토

리-i'에서 책 5권을 출간했습니다.

요즘 교사들의 조기 퇴직이 많은데 후배들에게 어떤 이야기를 하고 싶으신가요? 앞으로의 꿈은요?

✦ 이런저런 마음 아픈 소식들이 들려옵니다. 사명감을 가지고 교육 활동에 전념하기 힘든 안타까운 현실이지요. 그렇게 일상을 견디다 어느 날 "이젠 쉬고 싶다."라며 명예퇴직을 결심합니다. 인생 전환을 생각한다면 충분히 준비하고 퇴직하기를 당부하고 싶습니다. 큰 목표와 단계별 목표를 설정하시어 준비되었을 때 나오셔

손님들에게 제공할 커피를 따르고 있는 한세경 대표

야 퇴직 후, 우울감에 빠지지 않습니다. 저는 컴퓨터 모니터를 볼 수 없을 때까지 동화를 쓴다는 열망을 차근차근 구체화하고 있습니다. 동화를 읽고 올곧게 자란 아이들이 앞으로 만들어 갈 아름다운 세상을 꿈꿉니다.

책방 카페 이야기정원에는 순수하고 이쁜 소품들이 많다. 한세경이 오랫동안 세계 곳곳을 다니며 모은 녀석들이다. 그들이 한세경 작가의 독자들에게 말한다. "목표를 설정하세요. 목표를 설정할 때 마술은 시작되어요. 그 순간 스위치가 켜지고 물이 흐르기 시작하고 성취하려는 힘이 현실화됩니다. 그리고 오세요. 이야기정원에서 이를 이야기해요."

한세경의 인생 팁

안주하지 말라. 하나의 꿈을 이루면
또 다른 꿈을 향해 나아가라.

세상 모든 것에 감탄하는
지혜로운 사람들의 공간
도서출판 호밀밭

인생이모작, 한 번 더 현역

ⓒ 2023, 고영삼

초판 1쇄	2023년 11월 12일
초판 2쇄	2023년 12월 22일

지은이	고영삼
펴낸이	장현정
편집장	박정은
책임편집	민지영
디자인	김희연

펴낸곳	호밀밭
등록	2008년 11월 12일 (제338-2008-6호)
주소	부산광역시 수영구 연수로357번길 17-8
전화	051-751-8001
팩스	0505-510-4675
홈페이지	homilbooks.com
전자우편	homilbooks@naver.com

ISBN 979-11-6826-145-7   03810